天空下是镇上鳞次栉比的屋瓦,小学的白灰墙,银行那泥灰涂抹的外墙,寺庙的屋顶。

那么美丽的花瓣是怎么来的呢?
花蕊又是由何而来呢?

一动不动地盯着影子看,里面慢慢就会浮现出有生命的东西来。那不是别的,正是自己的身体。

这是旅馆中空荡荡的一间房间。
天花板上贴附着如同死去的苍蝇的房间。

柠檬 レモン

[日] 梶井基次郎 著

张齐 凌文桦 译

天地出版社 | TIANDI PRESS

目录

柠檬 / 001

爱抚 / 011

在有古城的町 / 017

樱花树下 / 055

器乐的幻觉 / 059

奎吉 / 065

太郎与街 / 073

K 君的升天——或 K 君溺死之谜 / 079

交尾 / 089

温泉 / 099

海的遐想 / 109

雪后 / 115

苍穹 / 129

泥泞 / 133

悠闲的患者 / 145

不幸 / 169

冬天的苍蝇 / 177

冬日 / 195

山崖上的情感 / 217

柠檬

一种不可名状的不祥之感始终萦绕在我的心头，挥之不去。

不知到底该称其为焦躁，抑或是厌恶……总之就像是喝醉了酒般，如果每天都喝酒的话，那宿醉迟早都会前来拜访的。而此时，它刚好光临了。这感觉可实在有点不妙。既不是因为我得了肺结核和神经衰弱，所以才会感觉到浑身不舒服；也不是因为我穷困潦倒欠了一屁股债而如芒在背、坐卧不安。让人无法忍受的是那种不祥的预感。此刻就连那些曾经令我陶醉的美妙音乐或者高雅诗篇，都让我无法忍受。有时候我还专程出门去听唱片，然而却往往在刚听了二三小节之后，就忍不住起身告辞。总觉得有什么东西让我的心一直悬着，让我如坐针毡，无所适从。因此，我终日不停地在街上游荡。

不知为何，那段时间我常常被外表破旧却别有一番美感的东西所吸引。就算是去看风景，我也会选择那种萧条破旧的街道，即使到了那样的街道上，我也不会在冷冷清清的正街上闲逛，而是喜欢跑到有亲切感的小弄堂里，窥视那些晾着肮脏衣服、满地都是不值一文的破烂、又脏又乱的破房子。那些长年被风雨腐蚀的背街小巷，颇有一种即将尘归尘土归土的别样韵味，随处可见的倒塌的土墙，摇摇欲坠的倾斜房屋……只有植物们在那里蓬勃生长，有时还能看到长势惊人的向日葵或怒放的美人蕉。

有时候当我在这样的街道漫步时，我会努力让自己沉浸在一种错觉之中——这里不是京都，而是离京都几百里远的仙台或者长崎，我此刻正身处异地他乡。如果可能的话，我非常想逃离京都，逃到一个谁都不认识的地方去。那里首先要是个安静的地方，在某个旅馆空旷的一室住下，房间里摆着干净的蒲团，有气味清香的蚊帐和浆洗平整的睡衣。我就在那里躺上一个月，什么都不想，什么都不做。如果某一刻突然发现这里不是京都，而是我所幻想的那个地方，那该多好啊。——当我的错觉终成真时，我将尽情挥舞想象的画笔为其涂上我喜欢的色彩。这也没什么值得大惊小怪的，只不过是我的错觉与破败萧条的街道重叠在了一起而已。而我让自己置身其中，让现实中的自我迷失于幻境之中，享受那亦真亦幻的乐趣。

我还很喜欢烟花这种东西。绽放的烟花倒还在其次，我最喜欢的是没有点燃的各种烟花，喜欢那些捆成一捆的、上面用廉价的画笔画着赤紫黄蓝等条纹的烟花，有中山寺的满天星、天女散花、枯芒草。还有一种叫地鼠的烟花，我把它们一个个摆成一圈装在盒子里。这种东西总是莫名地牵动我的心。

此外，我还喜欢雕刻出鲷鱼或花朵图案的玻璃弹珠，也喜欢那种有孔的珠子。而且对我来说，用舌头舔那些珠子能让我感受到一种无可比拟的快乐。这世上还有比玻璃珠更加清幽凉爽的滋味吗？虽然我小时候常常因为偷偷把珠子含在嘴里而遭到父母的责骂,但可能是因为在我长大后穷困潦倒之时,这份儿时的甜美回忆又再次在心底里复苏了的缘故吧,每当我想起那个味道,那种深邃幽远、清凉舒爽又充满诗情画意的味觉又在嘴里绽放蔓延开来。

你们可能已经察觉到了,我几乎身无分文。不过,为了安慰自己看到那些东西时几乎无法遏制的心动,我偶尔也需要奢侈一下。哪怕只是两三分钱的东西,对我来说已经足够奢侈了。美丽的东西——但一定要是那种能够触动我死气沉沉的神经的东西。这种东西总能自然而然地给我以慰藉。

在生活尚未被吞噬之前,我喜欢的地方,比如说丸善[1]。那里有红色黄色的古龙水和生发剂,华丽时髦的雕花玻璃器皿,以及装饰着雅致的洛可可式浮雕花纹的琥珀色或翡翠色香水瓶,还有烟管、小刀、香皂、香烟等。我曾有一次盯着这些小玩意儿看了一个多小时。最后我奢侈了一下,不过也只是买了一支上等铅笔。然而,这种地方对于当时的我而言,却是一个沉闷压抑的场所。书籍、学生、收银台,这一切在我看来都像是前来讨债的亡灵,压迫得我几乎透不过气来。

某日清晨——那时候我过着寄人篱下的生活,不断辗转更换

---

[1] 位于京都四条河原町,是一家卖书籍、文具、杂货等的老字号商店,至今仍有旧址。——译者注(如无特别说明,本书中注释均为译者注)

住处，一会儿住在朋友甲家里，一会儿住在朋友乙家里——朋友去学校后，就剩下我一个人，空气里弥漫着寂寞空虚的氛围。于是，我不得不离开那里，再次徘徊于大街小巷。仿佛有某种东西正在追赶着我一般，我一条街一条街地游荡，走过刚才说过的那种小弄堂，或是在点心店前驻足徘徊，或是在干货店摊前凝视着虾干、鳕鱼干或豆腐皮。最后我沿着寺町¹往下，漫步至二条，在那里的一家水果店门前停了下来。

在此我想介绍一下这家水果店，因为这家水果店是我去过的地方里最受我喜爱的一家店。它并非一家华丽气派的店，却是一家能让人直接地感受到水果店固有美感的店。水果都被整齐地摆放在一块倾斜得很厉害的案板上，那块案板应该是一块漆着黑漆的旧木板。色彩丰富鲜艳欲滴的水果被排列得好像一首优美华丽、轻快悦耳的音乐，仿佛突然被希腊神话中的戈耳工蛇发女怪给变成了石头一般，静静地待在案板上。越往里面，越可见堆积如山的青翠蔬菜。仔细看的话，你会发现里面那些胡萝卜叶、泡在水里的豆子和慈姑也都美得令人惊叹。

此外，夜晚时候那家店也是非常美的。说到底寺町也算是一条非常热闹的街道——不过比起东京或大阪来还是要安静多了——一到夜晚，所有商店橱窗里明亮耀眼的灯光都倾泻到了街

---

¹ 町是日本的行政区划名称之一，介于市与村之间。

上。但是不知什么原因,唯独那家水果店的四周要比别处昏暗得多。水果店位于街口,而街口的一边与黑暗的二条相连,所以那一边比较黑暗也是理所当然的,但水果店旁边的那一家是面向寺町的,却同样一片昏暗,这一点很是令人费解。

不过,如果这家店不是如此昏暗,我想它也不会如此诱惑我的心。还有一点就是那家店向前探出来的房檐,看上去就像是被紧紧地压在头上的帽檐一样——这倒也不仅仅是一种形容,而是看到的人都会不由得这么想:"咦?那家店的帽檐怎么戴得那么低啊?"而且那房檐上面也是一片漆黑。正因为周围都黑漆漆的,所以店前面点着的几个灯泡绽放出夺目的绚烂光芒,光线如骤雨般毫不吝啬地洒在水果上,周围的一切都黯然失色,仿佛都不存在了,只有水果在尽情地展示着各自的美,吸引着路人的视线。当我伫立在街道上,任由细长螺旋棒般的灯光毫无遮挡地刺入双眼,或是从旁边的镒屋[1]透过二楼窗户向外眺望这家水果店时,那种喜悦,那幅令我兴致盎然的画面,即使寻遍整个寺町,都很难找出能够与之匹敌的。

那天,我破天荒在这家店里买了东西,主要是因为这家店很罕见地摆出了柠檬。柠檬虽然随处可见,只是我第一次在这家虽不破旧却极为平常的水果店里看到柠檬。我很喜欢那个柠檬,喜

---

[1] 位于京都寺町二条的一家老字号蛋糕店。

欢它那仿佛从颜料软管中挤出来的柠檬色水彩凝固后形成的单纯颜色，喜欢它那丰满圆润的纺锤形状——因此我才决定买一个。

然后我是怎么离开的，又去了什么地方呢，我已经不太记得了。总之我在街上逛了很长一段时间。当我把柠檬握在手里的时候，原来那种一直积压在我心中的不祥之兆，竟然在不知不觉中慢慢松弛了下来。走在街上，我觉得非常幸福。那份执着地纠缠着我的忧郁，竟然被这么一个小小的东西化解了——或许，以辩证的观点来看的话，可疑的东西往往是真实的。不管怎么说，人心真是一种不可思议的东西啊。

那柠檬的冰冷感触，让我感到了无可比拟的舒适。那时候我的肺结核开始恶化，经常发烧。有时候常为了炫耀自己发烧了而故意和朋友们握手，我的手心总是比任何人都热。可能是手心发热的缘故，当柠檬的那股清凉通过握住它的手掌渐渐地渗透到我身体里的时候，那种凉爽真是令人心旷神怡。

我一次又一次地把那个柠檬拿到鼻子底下嗅着它的芳香。那股清香令人联想到它的产地加利福尼亚。我曾在汉文课上学过一篇文章《卖柑者说》，文中的"扑鼻"一词，此刻不断浮现在我脑海里。我深深地吸一口，让我的胸膛里充满了芬芳的空气，从未如此深呼吸过的我，顿时感到一股温暖的热血朝上涌动奔腾，充满了我的躯体和脸庞，让我体内的活力慢慢地复苏了。

实际上，那种单纯的冰冷感、触觉、嗅觉与视觉，仿佛是我长久以来一直在苦苦寻觅，如今终于获得的宝物一般，拿在手里是如此称心如意，那感觉太不可思议了——当时我真是这样觉得。

我踩着轻快的脚步，兴奋地走在街上，甚至带着一种炫耀的骄傲感，一边自豪地走着一边想象着自己是一位身着华丽服饰昂首阔步走在街头的诗人。我将柠檬放在肮脏的手帕上、大衣上，通过各种衬托来观察柠檬颜色的变化，突然间恍然大悟：

原来是这重量的缘故啊！

我寻觅已久的东西正是这个重量，我半带狂妄半带诙谐地得出了这样的结论。毫无疑问，这个重量是用所有真善美的东西换算而成的——不管到底是不是，总之我觉得非常幸福。

我已经忘记自己都走过了哪里，只记得最后驻足在了丸善门前。丸善这样的地方我平时避之唯恐不及，然而那时我突然觉得可以轻松地走进去。

"今天我就进去瞧瞧吧。"于是，我旁若无人地进了门。

然而，不知怎么回事，我那原本溢满胸膛的幸福感竟然一下子烟消云散，不知逃往何方了。那些香水瓶、烟管都已不再令我心动，我再次被忧郁所笼罩。一开始我以为是走得太累的缘故。我信步走到画册架前，当我试着抽出一本画册时，才发现那画册是如此的沉重，比平常要费更多的力气才能拿起来。不过我还是努力从架上一本本地抽出来，努力翻看，然而却丝毫没有认真看下去的心情。我就像是被施了魔咒一般忍不住又抽出另一本，结果还是一样。尽管如此，如果不这么接二连三地尝试一下的话，又总觉得心有不甘。最后我终于受不了了，随手就把画册扔在那里，我已经连把它们放回原处的力气都没有了。我不停重复着同样的动作。最后终于抽出了平日最喜爱的那本安格鲁的橙色封皮大画册，却感到更加难以忍受，只好又随手扔在了一边。这是怎样的一种魔咒？双手残留着沉重的疲劳感，我被忧郁深深地淹没了，颓然地盯着自己抽出来又随手放置的乱七八糟的画册小山。

这些过去曾让我深深迷恋的画册，如今为什么变得索然无味了呢？目光在一本本画册上游移逡巡，然后再环顾周围那再平常不过的场景，那时所感受到的与环境格格不入的心情，曾经也是我所最为享受的。

"哦，对了。"我突然想起装在衣袖里的柠檬，把这些各种色彩的画册堆在一起，然后再用这个柠檬试试看？"就是这样，试试吧。"

我胸中再度涌起了刚才那种轻快兴奋的感觉。我随手堆积着那些画册，又慌忙地把它们弄乱，然后再随意堆积起来。我从书架上抽出新的画册堆在上面，再从画册堆里随手抽出一本拿掉。那座奇幻万变的五彩画册城堡，随着我的行动一会儿变成红色，一会儿变成绿色。

城堡终于完成了。我一面努力抑制着雀跃的心情，一面小心翼翼地将柠檬摆在了城堡顶端。终于完成了!

我审视着自己的作品,那柠檬的色彩,悄悄地将各种杂乱的颜色吸收到了自己纺锤形的体内,整个空间突然清凉镇静下来。我觉得在丸善那满是灰尘的空气里,唯独柠檬的四周凝聚着一股奇妙的紧张气息。我默默站在那里,凝视着这幅画面。

一个念头出其不意地在我脑海中一闪而过。这个奇思妙想令我不由得全身为之一颤。

——我要把这个作品留在那里,然后若无其事地走出去。

这个念头仿佛一根羽毛在轻轻撩动我的心,奇痒难耐。"就这么走吗?好吧,走吧。"于是我慌忙离开了丸善。

我走在街上,那奇怪的心痒之感令我情不自禁微笑起来。我是一个在丸善书架上安置了一颗闪耀着金黄色光芒炸弹的坏蛋,而十分钟后,丸善将会以美术书架为中心发生一场大爆炸,如果真是这样的话,那该多有趣啊!

我狂热地跟随着自己的想象放飞自我。"如果真是这样的话,那个令人窒息的丸善一定会粉身碎骨吧。"

然后,我沿着挂满了活动照片招牌,被装饰得光怪陆离的京畿街道离开了。

爱抚

猫耳朵真是一种奇异而有趣的东西。薄薄的，摸上去很凉，就像竹笋皮一样，外面长着茸毛，里面则干净光亮；是一种不算硬也不算软的非常难以描述的奇特物质。我小时候只要一想到猫耳朵，就忍不住想用检票夹咔嚓给它剪一下。这个想法是不是太残忍了？

不是我残忍，这完全是因为猫耳朵所带有的那种不可思议的暗示力量所造成的。曾经有一位非常严肃稳重的客人来我家做客，他一边说话，一边不停地揉捏着爬到他膝盖上的小猫的耳朵，那个场景我永远都无法忘记。

这种想法非常意外地变成了我心中一个根深蒂固的执念。用检票夹咔嚓剪一下，这种类似于儿戏般的幻想，只要不真正地付诸行动，就会一直存在于我们漫长倦怠的生活之中，存在的时间甚至远远长于我们外表所反映出来的年龄。特别是我这个已经具备辨别能力的成年人，现在还热衷于幻想着像做三明治一样用硬纸板夹住猫耳朵后，再咔嚓一剪。但是最近因为一件意想不到的小事，使得我这个幻想的致命失算被暴露出来。

本来猫和兔子一样，就算被扯着耳朵拎起来也不会觉得疼。因为猫耳有奇妙的构造来应对这种拉扯的动作。也就是说，每只猫的耳朵上都有那种被拉扯撕破后留下的痕迹。而那撕破的地方则长出了巧妙的补片。这样的耳朵，无论是否相信进化论的人来看，都会觉得这是一种不可思议且滑稽的耳朵。可以肯定的是，这个补片在猫耳朵被拉扯的时候也起到了缓冲的作用。因此，对于耳朵被拉扯这种事，猫是不怎么在乎的。那么按压会怎么样呢，如果只是用手指捏捏的话，不管怎么用力都不会觉得痛的。就像刚才我提到过的一样，只是被那位客人捏捏而已，猫也只不过偶尔发出几声哀鸣。从这些情况来看，我开始怀疑猫是不死之身，甚至可以把自己的耳朵暴露在可能被检票夹剪这样的危险之下。终于有一天，我在和猫玩得正开心的时候，忍不住咬了猫耳朵一口。结果在刚刚被我咬到的一瞬间，那个无聊的家伙就发出了一声惨叫。这让我一直以来的幻想破灭了。我也终于明白了，原来对于猫而言，耳朵被咬才是最痛的。那惨叫声一开始还很小，渐渐地越来越大——这种逐渐变强的效果，就像木管乐器发出的声音一样。

我长久以来的幻想就这样幻灭了，但是幻想是不会停歇的。最近，我又开始幻想别的事情了。比如说，如果猫爪子都被剪掉的话，它会变成什么样呢？恐怕它会死掉吧？

它应该会像往常一样，尝试着去爬树——结果自然是失败了。想跳起来去抓人的衣服下摆——然而却抓不到。想要磨磨爪了——可是却什么都没有。恐怕它会这样无数次地反复尝试。在不断尝试的过程中，它会慢慢地意识到现在的自己已经和过去的自己不同了。于是它就渐渐地失去自信，甚至当自己站到一定高度时就会禁不住瑟瑟发抖。因为它已经失去了从高处落下时能够保护自己的爪子。它变成一个连走路都摇摇晃晃的另一种动物了。最后甚至连路也不能走了。绝望！它会不断地做着恐怖的噩梦，连进食的力气也消失殆尽——最后死去。

没有爪子的猫！世间真有这么无依无靠、如此凄惨可怜的东西吗？！这和失去了想象力的诗人、陷入精神分裂症痛苦的天才是何等的相似！

这个幻想经常令我感到很悲伤。因为悲伤的缘故，所以其结局是否妥当，对我来说都算不上什么问题了。但是，最终失去爪子的猫会变成什么样呢？不管是被挖去眼睛，还是被拔掉胡须，猫都一定可以活下去。但是，那隐藏在软绵绵肉垫里像钩子一样弯曲的，如同匕首一般锋利的爪子——那才正是这种动物的活力之所在，智慧之所在，身体与精神的精华之所在。总之，爪子才是它的一切，对此我向来深信不疑。

有一天，我做了一个奇怪的梦。

场景是在一个名叫×的女子的家里。她家里养了一只很可爱的猫，每次我只要一去，她就把抱在怀里的猫放下来，让它跑到我这边来。然而我常常对此感到惶恐不安。我把猫抱起来，那只小猫身上总是散发着一股淡淡的香料味道。

梦境中的那个女子正在镜子前面化妆。我则在一边翻看着报纸之类的东西，偶然间朝她那边看了一眼，这一看不要紧，我吓得不由得发出"啊"的一声低呼。她竟然正在用猫的脚掌往脸上涂抹白粉。我背后一阵发冷。再定睛仔细一看，原来那只不过是一种化妆工具，做成了猫脚掌的样子，然后握在手里使用。不过这场景实在太不可思议了，于是我忍不住在她身后发出了疑问。

"那是什么？是用来涂脸的东西吗？"

"这个吗？"这个女子微笑着转过身来，然后把那个东西扔给了我。我拿起来一看，果然是猫的脚掌。

"这到底是怎么回事？"

我刚问出这句话，心里就不由得一惊，因为我忽然意识到一直都在的那只猫不见了，而且眼前的猫脚掌像极了那只猫的。

"看样子你已经明白了。没错，这正是缪露的前脚哦！"

她若无其事地回答道。然后告诉我因为听说这种工具在国外很流行，所以才用缪露尝试着做了一个。

我内心里暗自惊异于她的残忍，又问她道："这是你自己做的吗？"

她说是大学医学系的勤杂工帮她做的。据我所知，医学院的勤杂工会把解剖后的尸首埋进土里制作成骷髅，然后用来和学生进行秘密交易，我对这种人十分厌恶。为什么要拜托这种人做那样的事呢？而女人对待这种事居然能够如此满不在乎，如此残酷，这让我对她们也更加憎恶起来。不过关于那种东西在国外很流行一事，我也觉得似乎在某个女性杂志或者报纸上读到过。

猫爪做的化妆工具！我总是抓着猫的前脚把拉它过来，笑着给它梳理上面的毛。它那只用来洗脸的前脚的侧面上，密密麻麻地生长着宛如短毛毛毯一样的绒毛，看上去的确像是可以给人当作化妆工具。可是对我来说它有什么用呢？我一转身平躺在那里，把猫举到脸的上方。抓住它的两只前脚，把柔软的猫脚垫分别盖在我的两只眼皮上面。那令人愉悦的小猫的重量，那温热的脚垫，仿佛来自于异界的放松之感，深深地渗透到我那疲惫的眼球之中。

小猫啊！我心里好害怕，请你此刻千万不要一脚踩空。因为那时，你这个家伙马上就会伸出爪子的。

在有古城的町

某天下午

"越往高处走,这个风景,咳咳……越是别有一番风味啊。"

他一手撑着伞,一手拿着扇子和手帕,头顶秃得油光锃亮,戴着一顶麦秆编的平顶草帽,看上去就像塞子插在草帽里一样。这样一位老人一边语气开朗地感慨着,一边从阿峻的身边走过。说完这句话,他也没朝这边看,眼睛还是盯着远处的风景,然后像是说了声"哎呀",就坐在了石墙边花丛里的长椅上。

出了镇子,是一片约八公里见方的开阔绿地,一湾深邃蔚蓝的海水绵延至天际,海平线上静静地堆积着边缘模糊的积雨云。

"啊,是呀。"阿峻稍微迟疑了一会儿才回答。说罢他觉得那声音的余韵仿佛还残留在嗓子里,萦绕在耳畔,仿佛说话的那个自己和现在的自己根本不是同一个人。对那位平易近人的老人的好感毫不掩饰地出现在阿峻的脸上,阿峻再次被那远处的静谧风景所吸引。那是一个微风习习的下午。

阿峻的妹妹在最可爱的年纪去世了,他打算冷静地思考一下这件事。阿峻带着这份稚气未脱的感慨,在还没有过五七的时候出了家门,来到住在此地的姐姐家里。

阿峻发了一会儿呆，模糊中他仿佛听到从某处传来了已经死去的妹妹的声音，直到意识到那是别人家的孩子在哭，他才回过神来。

是谁啊？这么热的天，还让孩子哭个不停。他想道。

比起妹妹死去的时候和在火葬场的时候，反倒是踏上这片陌生的土地后，所体验到的失落感更让他刻骨铭心。

"很多虫子聚集在濒死的虫子周围，为它悲伤为它哭泣。"——正如他在写给朋友的信中写的一样，妹妹去世前后所带给他的痛苦体验也终于在他来到此地后揭开了薄薄的面纱，毫无遮掩地呈现在他的面前。随着这种思绪的渐渐平息，以及对周围新环境的逐渐适应，阿峻的心情也终于慢慢地恢复了平静。一直都居住在大城市里，尤其是近来他的心灵始终得不到宁静和休憩，当身处这份安静之中时，他也不由得变得恭谨敬畏起来。就连走路的时候也时刻留意尽量不要让自己过于疲惫，尽量不被花草的刺扎到，尽量不让手指被夹到……这些极其微小的事左右着他每天的幸福感，已经到了近乎迷信的程度。此外，这个干旱的夏季里也下过一两场雨，一层秋雨一层凉，每逢雨后他的肌肤都能切实地感受到所增添的那一丝秋意。

内心的宁静和早来的微微秋意使阿峻无法再安静地待在房间里埋头于书本，沉溺于胡思乱想之中。当野草、鸣虫、浮云和壮阔的风景在眼前铺陈开来时，他心底里一直以来被抑制着的激情开始悄悄地燃烧起来——这也让阿峻觉得唯有这样才是有意义的。

"我家附近有一处古城的遗址，我觉得让阿峻去那里散散步再适合不过了。"姐姐在寄给母亲的信里这样写道。于是在阿峻来到此地的第二天夜里，就和姐夫、姐姐、外甥女一起登上了那座古城遗址。因为干旱的缘故，田里到处飞舞着绿叶蝉，于是人们在田里安装了杀虫灯，杀虫灯是两三天前安装的。他们四人为了眺望远景而专程登上城楼。站在城楼上放眼望去，田野是一片杀虫灯的海洋，远处的则像繁星在闪烁。山谷笼罩在朦胧的光辉里，那里仿佛有一条大河在静静地流淌着。他因这不同寻常的景色而兴奋得热泪盈眶。在没有风的夜晚，古城里到处都是来此乘凉并顺便游玩的镇上的人们，黑暗之中那些涂了一层厚厚白粉的姑娘们眼里闪烁着欢欣的光芒。

此刻的天空晴朗得令人悲伤。天空下是镇上鳞次栉比的屋瓦，小学的白灰墙，银行那泥灰涂抹的外墙，寺庙的屋顶。绿色的植物从家家户户的房屋之间冒出头来，如同西洋点心里夹着的美人蕉叶。有一户人家房后栽种的芭蕉叶低垂下来，还有丝柏卷曲的叶子，还能看见树冠被修剪成重叠的棉絮般好看形状的松树。所有的苍青色陈叶中间又长出嫩绿的新叶，呈现出一团缤纷的绿色来。

远处可见红色邮筒。

还有用白漆写着"婴儿车"字样的屋檐。

透过瓦屋顶的缝隙可以看到晾晒着红色纺织品的晾晒板。

入夜后，镇里的街道华灯初上，一拨又一拨骑着自行车而来的农村青年驶过街道，声势浩荡地直奔花柳巷而去。店里的年轻人们也都不同于白天，身穿浴衣，轻浮地扭动着身子，调戏着那些浓妆艳抹的姑娘……此时街道也被淹没在屋瓦之间，有一处竖起了许多经幡，此刻剧场才显露出它的样子。

夕阳西斜，附近那家旅馆的一楼、二楼和三楼西边的窗户都洒满了落日余晖。不知哪里传来了敲击木头的声音——那声音原本并不算大，却咚咚地回响在镇子的上空。

蝉一刻不停地鸣叫着。阿峻听着蝉鸣，莫名其妙地起了兴致，突然觉得蝉鸣仿佛是在阐述着语法中的词尾变化一样。起初是"知了知了知了"，接着便是反反复复地"吱——吱，知了知了"，中间又变成了"知了知了，吱——吱"，然后又回到了"吱——吱，知了知了"，最后"知——了，知——了"地叫了一阵后，再"吱——"的一声结束。中间又会有另一只蝉"知了知了"地开始鸣叫，同时又有一只已经"知——了"地进入尾声，并"吱——"的一声收尾。它们就这样三重唱四重唱、五重唱六重唱地此起彼伏地鸣叫着。

在这段时间里，阿峻就站在古城遗址里那个神社的樱花树下,隔了一尺左右的距离,静静地聆听着蝉鸣。他诧异地凝视着鸣叫的蝉,这种有着如此纤细节肢和肥皂泡般轻薄羽翼的小昆虫,居然能够发出如此大的声响。这样的高音是通过从腹部到尾部的伸缩运动发出的。布满绒毛的节肢仿佛发动机一般精准地活动着——他回想着当时的情景——蝉从腹部到尾部都呼地鼓胀起来,而伸缩的时候则像是调动了全身每个细胞的力量。突然他产生了这样一种念头:这种生物只不过是一只蝉,实在是太可惜了。

时而有人像刚才那位老人一样来此乘凉,观赏景色,然后又悄然离去。

阿峻来这里经常看到的那个在亭中午睡或看海的人今天又来了,此时他正在和看孩子的小姑娘亲热地聊着天。

小孩子们拿着捕蝉竿到处跑来跑去。负责拎虫笼的小孩不时停下来看一眼笼中的蝉,然后又提着笼子一路小跑去追手拿捕蝉竿的孩子。阿峻一言不发地看着那一切,感受到了仿佛在看戏一般的奇妙趣味。

另一边,女孩子们捉住尖头蚱蜢后大喊着:"祢宜先生,蚱蜢蚱蜢,快点捣米。"边说边让蚱蜢做出点头捣米的动作。祢宜先生是当地对神社神主的称呼。阿峻的脑海里浮现出了温和的长脸前端长着两根触须的尖头蚱蜢,此刻被女孩子抓住后腿而身体动弹不得,做出捣米动作的样子,这么一想蚱蜢的形象还真有点神主的神韵。

女孩子们来回追赶着，草丛中几只受了惊吓的尖头蚱蜢两条后腿用力蹬跳着飞到空中，透明的羽翅承载着阳光。

田野里时而可见冒着烟的烟囱，田地从房屋脚下延伸至远方，呈现出一幅伦勃朗风景画的风情。

苍翠的林木，古朴的农家，街道，还有绿色田间赭红色砖头砌成的烟囱。

轻便火车从海的方向驶来。

从海面吹过来的风将轻便火车的烟雾吹向陆地，沿着火车奔驰的方向飘动着。

定睛一看，那并不像是烟雾，更像是带着固定了烟雾形状的玩具火车正在行驶着。

阳光渐渐地黯淡了下来，眼前风景的颜色也随之慢慢发生了变化。

远远地，可以看见沿着海岸倾斜延伸的入海口——阿峻每次登上这座古城楼，都习惯多次远眺那个入海口。

海岸边随处可见高大繁茂的树木，林荫之间隐约可见人家的屋顶。入海口处似乎还停泊着小舟。

这只不过是海边常见的一种风景罢了，并没有什么足以使他倾心的特别之处。但是在他每次站在这里时，总是不由得被拨动了心弦。

那里有什么东西，那里真的有某种东西。当他说出自己的这种感觉之后，一切又都化成了虚无。

或许可以把那种心情叫作"毫无理由的虚无憧憬"吧。如果有人问："那里也没什么值得看的东西，是不是？"也许他还是会赞同这种说法的，但是他心底里还是觉得"那里一定有什么东西"。

他甚至产生过这样的想法：那里居住着与我们不同种族的人类，过着与我们的世界完全不同的生活。当然他也知道这种想法实在是带有过浓的神话色彩，有点不着边际。

他又想，是不是自己曾经在某幅外国画中见到过类似的场景，只是自己想不起来了而已？他还努力回忆起了康斯特勃的一幅画，但是最终还是否定了这个想法。

那么，究竟是什么呢？眼前这幅全景立体画般的风景中所呈现出来的事物，无论哪一种都为这幅画面增添了一分别样的美。不过，他依然认为入海口处的风景更胜一筹，只有那里韵味十足。

秋意渐浓的晴空清澈湛蓝，温暖的阳光照射在比天空略深的深蓝色大海上。偶尔有白云飘过时，海面上也会掠过一片洁白。今天因为刚刚提及的积雨云从海平线渐渐扩散开来与海水交相辉映，呈现出了一种柚子内皮般的颜色，把入海口处的海水染成了同样的颜色。今天的入海口也和往常一样笼罩在一片神秘的宁静之中。

阿峻望着那景色,感觉自己如同困兽一般,想要从城堡的这边发出一声哀号。那种奇怪的感觉简直令他窒息。

他曾梦见自己去过一些奇怪的地方,他记得自己来过这里。正因为那种似曾相识的感觉,所以才会涌出这样一种莫名其妙的念头。

"啊,这样的一天这样的时刻。"

"啊,这样的一天这样的时刻。"

这些话仿佛不知何时就已经预备在脑海深处一般,自然而然地涌了出来。

"哈里根·哈奇的摩托车。"

"哈里根·哈奇的摩托车。"

一个像是刚才那个女孩的声音从阿峻的脚下高声传来,还能听到那种经常在丸之内街道上疾驰而过的摩托车的轰鸣声。

那是镇上的一位医生骑着摩托车回来时发出的声音。听到摩托车的轰鸣声,隔壁的女孩开始自顾自大喊起来:"哈里根·哈奇的摩托车。"还有小孩子喊着"摩托"。

不知何时,那个三层楼的旅馆已经收起了遮阳棚。

远处阳台上的红色晾晒板也不见了。

町上的屋顶升起炊烟,山谷间响起阵阵蝉鸣。

魔术与烟花

这是另一天的事。

阿峻吃罢晚饭,洗过澡之后,又登上了古城。

黄昏的天空暮霭低沉,时而可见数公里外城里绽放的烟花。等到回过神来的时候,才传来仿佛包裹在棉花里所发出的烟花爆炸的闷响。因为两地相隔甚远,所以在看过烟花绽放之后才传来了爆炸声。他心想,真漂亮啊。

这时,有三个少年结伴而来,领头的是一个十七岁左右的少年。看来他们也是晚饭后来乘凉的。三个人仿佛有点顾忌阿峻在旁边,因此小声交谈着。

阿峻特意做出一副认真眺望远处烟花的样子,想表现自己并没有听他们说话。

远远地在眼前铺陈开来的全景图中,烟花像发光水母一样明亮地绽放后又消散。夜幕已经笼罩了海面,但烟花绽放过的地方依然残留着余晖。

不一会儿,少年们也发现了那边的景色,阿峻不由得心里一阵窃喜。

"四十九。"

"啊,四十九。"

他们一边交谈着,一边数着两次烟花绽放的间隔时间。他们的说话声时不时地传到阿峻的耳朵里。

"小××,花怎么说啊?"

"Flora。"年龄最大的男孩回答道。

阿峻一边回想着刚刚古城上发生的事,一边回家去了。快到家时,邻居看到阿峻,跟他打了个招呼:"你回来了。"阿峻匆忙回应就赶紧进了家门。

阿峻说,有个剧团要来表演魔术杂耍了,大家一起去看吧!大家一听这话,都开始喧闹起来。

"啊,谢谢提醒。"姐夫笑了笑说道,然后把决定权推给了姐姐,"到底去不去看,你倒是明确表个态。"

姐姐边笑边拿出了外出的衣服。阿峻去古城的那段时间里,姐姐和信子(姐夫的妹妹)在家里已化好了浓妆。

姐姐问姐夫:"老公,扇子呢?"

"在衣服口袋里吧……"

"这样啊,不过也是脏的。"

姐姐点点头,慢悠悠地在衣兜里翻找着。姐夫在旁看着,抽着烟说道:"有没有扇子都没什么要紧的,你快点穿衣服吧。"说罢,发现烟管有些堵了,便开始清理起来。

姐姐的婆婆正在里屋帮信子穿衣服,此时拿着两三把团扇走了出来,说道:"你们看看,这个行吗?"那是糖铺赠送的团扇。

阿峻盯着姐姐身上穿的衣服，又暗自留意着里屋的动静。信子此刻是什么样的心情呢？她又是在怎么样穿戴打扮呢？

大家终于都准备妥当时，阿峻率先走到玄关穿上木屐。

"胜子（姐姐和姐夫的女儿）还在外边，快把她叫回来。"姐姐的婆婆说道。

穿着长袖和服的胜子正和隔壁家的孩子们一起玩耍，喊了她几声，她还在和孩子们说着什么。

"'活'是要去哪里？"

"是活动吧。"

"是活动，是活动啊。"三两个女孩随声附和着。

"不是哦。"胜子摇了摇头，接着说道：

"'幼'是要去什么地方？"

"幼儿园？"

"才不是呢，晚上才不去幼儿园呢。"胜子继续纠正道。

这时候姐夫走了出来，对胜子说："赶快回来，不然我们不管你了。"

姐姐和信子也走了出来，暮色中清晰可见二人脸上厚厚的浓妆，手里还各自拿着一把刚刚找出来的团扇。

"让大家久等了。胜子呢？胜子，你要带扇子吗？"

胜子举起一把小团扇晃了晃，便靠在了妈妈身上。

"那，妈妈，我们走了……"姐姐说道。

婆婆对胜子说道:"胜子,出去之后可不能一直吵着要回来啊。"

"可不能吵着要回来。"胜子没有好好回答,而是调皮地模仿着奶奶的口气说话,然后牵着阿峻的手又要往里走。阿峻拉起她的手,带着她向外走去。

很多邻居都在道路两旁摆了乘凉台,在外面乘凉,他们走过的时候,人们都会打招呼:"晚上好。"

"胜子,这是什么地方?"阿峻问胜子。

"松仙阁。"

"朝鲜阁?"

"不是,是松仙阁。"

"朝鲜阁?"

"是松——仙——阁。"

"朝——鲜——阁?"

"不是!"说着,胜子在阿峻的手背上啪地拍了一下。

过了会儿,胜子又说:"是松仙阁。"

"朝鲜阁。"

阿峻故意把它说成发音极其相似的"朝鲜阁",胜子也毫不相让地回应着。两个人一来一往,变成了文字游戏,最后当阿峻故意说"松仙阁"的时候,胜子却不由自主地说出了"朝鲜阁"。信子听了他们二人的对话笑了起来,胜子被嘲笑后就不开心了。

"胜子,"这时姐夫说话了,"说错了人家就会笑嘛。"

胜子鼻子里哼了一声,冲着姐夫做出了要打他的架势。

姐夫装作没看见,继续说道:"说错了人家就会笑是什么意思[1]?你问问舅舅去。"

信子见胜子一副要哭出来的样子,抽搭着鼻子,就走过来拉住她的手,继续向前走去。

"这个……你知道接下来该怎么说吗?"

"你就说……不是蕨菜。"信子帮胜子打着圆场,哄她开心。

"这话是谁先说的?"胜子半信半疑地问信子。

"是吉峰叔叔说的啊。"信子偷偷看着胜子的脸色,笑着说道。

"还有哦,我这儿还有一个更好玩的呢。"姐夫带着一副吓人的表情故意逗胜子。姐姐和信子都笑了。这下胜子真的哭起来了。

古城的石头墙壁上安了一只大电灯,把后面的树照得耀眼,可前边的树木却笼罩在一片黑暗之中。树上的蝉在"知了知了"地鸣叫着。

---

[1] 此处这句话的日语发音与"蕨菜不是蕨菜是什么菜"相似。

阿峻独自一人跟在大家后面走着。

今晚是他来到此地之后，第一次和大家一起出来散步。并且还是和年轻的女孩们走在一起。这在他的经历中是极少有的，因此他发自内心地感到幸福。

姐姐有些任性，可是从信子与姐姐交往的态度中却丝毫感觉不到勉强——这并不是因为信子处事圆滑世故，而是因为她的性格中自有一种与生俱来的平和。信子就是这样一位平静温和的姑娘。

姐姐的婆婆信奉天理教，因此也让信子信教，信子便虔诚地跟着去敬拜。信子的手指受伤了，因此本来弹得非常好的古琴现在也不弹了。

信子正在制作学校植物课的标本。每次去镇上办事，都会顺便采很多杂草放在包袱里带回家。如果胜子想要的话，她便分一些给她，把剩下的杂草压平制成标本。

胜子曾把信子的影集扯出来，拿给阿峻看。而信子并没有觉得这事很不好意思，而是非常大方、沉稳、爽快地一一回答阿峻提出的问题。信子就是有着这样的优点。

此刻，信子正拉着胜子的手走在阿峻的前面，眼前的信子与家中那个穿着蓬肩衣服，走路很快的信子截然不同。姐姐和信子并排走着，阿峻发现姐姐比以前瘦了一些，但是走路的样子好看多了。

"来，阿峻，你跟上来啊……"姐姐突然扭过头来对他说。

"为什么？"其实不问他也明白，只不过他故意做出一副茫然无知的表情来，然后自己却先笑了起来。这样一来，他也就没理由跟在后边走了。

"快点过来！你跟在后面让人觉得很不舒服。是吧，阿信？"

信子无言地笑着点了点头。

小剧场里和想象中一样闷热。

看场的老妇人头上束着银杏发髻，手里拿着一叠坐垫在前面一张张铺好。他们一行坐在了观众席的最后面，阿峻坐在左边，姐姐居中，信子坐在右边，姐夫坐在后边。正好赶上幕间休息，一楼已经几乎坐满了。

那老妇人拿着烫着酒的火盆走了过来，里面还生着火，大热天里根本不顾别人的感受。她站在那儿磨磨蹭蹭地不肯离开。那情形不知该如何形容，她脸上带着这类妇人特有的那种狡黠表情，眼珠子骨碌骨碌地乱转。一会儿看看火盆，一会儿又看看别处，还时不时偷偷瞄瞄姐夫的脸。姐夫知道她在偷看自己，他烦恼着到底要不要从衣袖里往外掏钱，对她的无礼大为光火。

姐夫干脆安静地坐着，对她不予理睬。

"哦，热烧酒喽！"老妇人一边吆喝着，一边悻悻地走开了，但眼睛依然四处张望着，搓着手祈求客人买东西，一直到终于有人掏了钱给她方才离开。

演出终于开始了。

一个长相不像日本人的皮肤发黑的男子漫不经心地将道具搬到了舞台上，时不时地朝台下的观众席看上几眼。给人一种粗鄙无礼、毫无趣味的感觉。道具摆放完毕，一个名字古怪的印度人穿着一件邋遢的双排扣大衣上场了。嘴里说着谁也听不懂的语言，满嘴喷着唾沫，嘴唇毫无血色，嘴角泛着白沫。

"他在说什么啊？"姐姐问阿峻。坐在旁边的客人也看向了阿峻。阿峻一直闭着嘴一言不发。

印度人走下舞台，来到观众席上寻找可以配合他表演的观众。最后，一名男观众被他抓着手腕拉上了舞台，那名男子脸上露出了羞怯的笑容。

男子的头发耷拉在额前，身穿刚刚浆洗过的浴衣，大热天却穿着黑色棉袜。他微笑着站在舞台上，先前布置道具的男子拿来一把椅子让他坐下。

那个印度人是个非常过分的家伙。

他把手伸到男子身前，示意要握手，男子犹豫片刻后，还是果断地伸出手去。结果印度人却把自己的手收了回去，转身面向观众，做出丑态模仿那名男子尴尬的样子，缩起脖子嘲笑他，实在是太恶毒了。男子看了看印度人，又看看自己本来的座位，讪讪地笑了，那笑容看起来很是可怜和无奈。莫非是他的老婆孩子就坐在台下？真让人受不了。阿峻心想。

握手的事已经很无礼了，可是那印度人的恶作剧却愈加变本加厉。观众被逗得阵阵哄笑，随后魔术表演开始了。

他首先表演了把一根绳子剪断再恢复原状的魔术。接着表演了一个可以不断地从一个金属瓶倒出水来的魔术。净是些无聊的把戏，还有一个魔术是将玻璃桌上的东西清理干净，只留下一个苹果。他先在苹果上咬了一口，然后宣称只要他对着咬过的苹果喷一口火就能让苹果恢复原状。苹果被还原后他又让那个男子来尝，结果那男子直接把带着果皮的苹果给吃掉了，这也引得观众们哄堂大笑。

每当印度人的脸上浮现出做作的诡异笑容时，阿峻就在心底暗自疑惑：那个男子怎么一点反应也没有呢？这令阿峻感到非常不愉快。

这时阿峻突然想起刚才看到的烟花。

阿峻心底里暗想，刚才的烟花还绽放着吧。

在暮光微明的平原上空绽放又消散，宛如发光水母般耀眼的远处城市里的烟花。大海、暮云、平原所构成的全景图是多么美丽啊！阿峻心里暗想着。

"花怎么说啊？"

"Flora。"那男孩的确没有说"Flower"。

阿峻觉得，不论是那些孩子还是那幅全景图，他们所展现出来的才是真正优秀的魔术，远胜过任何一位魔术师的表演。

这么一想，阿峻心中的不愉快逐渐消散了。他按照平常的习惯，用一种超越常情的心态来看待这些令人不快的场景——这么一看反而会变得有趣起来——心情也随之开始发生了变化。

他觉得自己有点滑稽，居然因为一个劣等小丑而暗自生气。

舞台上，印度人仍在猛烈地口中喷火，那场面和宣传海报上的画面一模一样，给人一种怪异的美感。

魔术表演终于结束了。

"啊，真是太有趣了！"胜子带着夸张的语气说道，她那装模作样的样子逗得大家都笑了起来。

接下来的表演是：

美女空中飞人，

大力士，

音乐小品，

浅草风情表演，

腰斩美女。

看完这些节目之后，他们才回家。

生病

姐姐生病了。侧腹部疼痛，还发高烧。阿峻怀疑姐姐是不是得了伤寒。姐夫在枕边说道：

"把医生叫来吧？"

"哎呀，没事的。可能就是生了蛔虫什么的。"接着，姐姐也不知是对阿峻还是对姐夫，气若游丝地说道，"昨天那么热，可是我一路走回来却一点儿汗都没出。"

前一天下午，阿峻和胜子两个人正坐在窗台上拍手玩，这时候远远地看到姐姐略带着阴郁的表情朝家里走过来。

阿峻逗胜子说："胜子，咦，那个人是谁啊？"

"哎呀，是妈妈，是妈妈。"

"你看错啦！那是别人家的阿姨。不信你看着，她是不会进咱们家的。"

姐姐当时的表情，阿峻现在想起来感觉的确很奇怪。他那时候觉得是因为猛然在大街上看到了平时在家里看惯的家人——突然转换了视角所以才产生那样的感觉，可不管怎么说，姐姐当时看起来确实无精打采。

医生来了，也怀疑是伤寒。阿峻和站在台阶下一脸为难的姐夫互相对视着。姐夫的脸上泛起了一丝苦笑。

最后诊断结果确定为肾功能不全。还说了舌苔如何如何，尚不能明确诊断为伤寒等,随后医生就神采奕奕地回去了。

姐姐说,自从嫁到姐夫家里来,这是第二次因病卧床了。

"第一次是在北牟娄[1]。"

"那时候她身体很虚弱。附近没有冰卖,我半夜两点起床,骑着自行车跑了十几公里,才敲开一家店门买到了冰块。当时心里很高兴,想着终于买到了。我赶紧用包袱裹好绑在自行车后座上急忙往回赶,等回到家一看,冰块被后座磨得只剩下这么小一块了。"

姐夫一边说一边用手比画着。这番话里充满着姐夫对姐姐的疼爱,就连姐姐发热时的体温表格,也是姐夫每隔两个小时就测量一次记录出来的,就为了得出正确的测量结果。阿峻不由得笑了。

"后来呢?"

"后来发现是有蛔虫。"

还有一次,阿峻因为在生活上不注意而染上了肺病。当时姐夫在北牟娄,跑到神社去参拜,请求神明保佑他早日痊愈。待身体好转些后,阿峻曾去过姐姐在北牟娄的家。那是一个位于小山沟里的贫寒山村,百姓多数以伐木、养蚕等为生。一到冬天,山里的野猪就会跑到家附近的田地里来拱红薯。那时候红薯是村民们的主要粮食,几乎占了主食的一半。当时胜子还很小。住在附

---

[1] 三重县的一个郡,即如今的纪北町。

近的老奶奶经常会到姐姐家来，看着胜子的绘本给她讲故事。老奶奶把大象叫作卷鼻儿象，把猴子叫作大山的孩子或者野猿。村里有一个孩子没有姓，得知他是樵夫的孩子后，村民们全都一副理所当然的表情。村长家的女儿阿熏在小学当老师，不过在学校里学生们对她也是直呼其名的。那时候她也就十六七岁。

北牟娄就是那样一个地方。阿峻对姐夫在那里的故事很感兴趣。

姐夫说，在北牟娄的时候，胜子曾有一次掉进过河里。

当时姐夫因为心脏病而卧病在床。姐夫七十多岁的祖母，也就是胜子的曾祖母，带着胜子去河边洗碗。那条河水流湍急，虽然河面不宽，但是却相当深。虽然姐夫总是对祖母说不要管胜子，但是只要姐姐不在家，祖母就想抱抱胜子，走到哪儿都带她去，那天偏巧姐姐外出了。

姐夫躺在床上正想着胜子去哪儿了，不一会儿就听到外面传来了异常的呼喊声。他心下一惊，像是被什么拉扯着一样，他这个重病之人勉强起了身。河就在家附近。姐夫走过去一看，只见祖母一脸惊慌，她拼命地想要表达什么，但是勉强说了句"胜子……"就再也说不出话来了。

"奶奶！胜子怎么了？"

祖母说不出话来，只是拼命地用手指着前方。

顺着手指的方向，姐夫看到胜子正在河里顺流而下！因为刚刚下过雨，所以河水涨了许多。前方有一座石桥，水面已接近了桥面的石板。过了桥，河流转了个弯，那里常年有漩涡，河水经过漩涡就会汇入更深的流域之中。如果胜子被冲到桥下，可能会撞到头部，继续顺流而下就会沉入更深的河沼里，到那时就真的没救了。

姐夫纵身跳进河里，向胜子的方向游去。他打算在胜子被冲到桥下之前抓住她。

姐夫病体沉重，但是他在马上就要到达石桥之前抓住了胜子。然而因为水流湍急，他想带着孩子攀到桥上，结果失败了。桥的石板与水面之间的缝隙只能勉强让胜子的头通过，因此姐夫托举着胜子，自己潜入水中，到了下游才终于上了岸。胜子已经昏迷过去，倒提过来也吐不出水。姐夫拼命呼喊着胜子的名字，不停地拍打她的后背。

突然间，胜子霍地一下子醒了过来，而且一睁开眼，立刻跳了起来。姐夫不可思议地看着她，仿佛被戏弄了一样。

"刚才怎么回事？"姐夫说着就去拉胜子湿漉漉的衣服，可胜子却回答不知道。看来是胜子在滑进河里的瞬间就昏过去了。

她居然还能像平常一样若无其事地又蹦又跳。

姐夫讲的故事大致就是这样。他说当时正是村民们的午休时间，如果当时他没有爬起来赶去的话，那后果真是不堪设想。

讲故事的人和听故事的人都被深深地吸引了，姐夫的话说完之后，大家都陷入了沉默。

"我回到家的时候，奶奶他们三个人就站在大门口等我。"姐姐说道。

"奶奶觉得不能就那么待在家里，于是就让我们换好衣服等你姐姐回来。"

"奶奶就是从那时候起开始犯糊涂的。"姐姐压低了声音，意味深长地瞥了姐夫一眼。

"总之从那件事发生后，奶奶就变糊涂了，整天对她（用手指着姐姐）念叨着'对不起哟，对不起哟'。"

"我对奶奶说，你说什么啊，没有什么事啊，但是奶奶还是……"

自那之后，眼见着祖母一天天地糊涂，日渐衰弱，大约过了一年就去世了。

阿峻觉得祖母的命运太过悲惨了。因为北牟娄并不是祖母的故乡，她只是为了照看胜子才到那座山里去的，每当想到这里，阿峻的感触就更深了。

阿峻之前去北牟娄的时候，还没有发生这件事。那时祖母经常把胜子和已经上女子学校的信子的名字叫错。当时信子和她的母亲是住在这里的。那时的阿峻还不认识信子，每当祖母喊错名字的时候，他便在脑海中亲切地勾勒出一个十四五岁、名叫信子的少女的形象。

胜子

阿峻倚在面向原野的窗户边向外眺望。

天空笼罩在一片灰色的乌云之中。那浓密的云看上去非常厚重，低沉地压在天空上，仿佛一直垂到了地面上。

四周一片静寂，所有的一切都失去了光泽。唯有远处医院楼顶的避雷针不知什么缘故在时不时地闪烁着白光。

原野上有一群孩子在玩耍。仔细一看，只见胜子也在其中。一个男孩看起来在玩什么很野蛮粗暴的游戏。胜子被那男孩推倒在地上，刚爬起来又被推倒了，最后男孩干脆用力地压在她的身上。

他们究竟在干什么呢？阿峻觉得他很过分，于是目不转睛地观察着。

那个游戏结束之后，又有几个女孩子——一共三个人，像是排队检票一样站在男孩的面前，玩起了一种奇怪的检票游戏。女孩把手伸过去后，男孩用力一拉，女孩就被拉倒在了地上。然后下一个女孩伸出手，同样也被拉倒在地，而前边倒下的女孩则已经站起身来，重新排到了队伍的最后面。

仔细观察了一会儿，阿峻发现了一些有趣的事。男孩拉扯的力量是有变化的，而女孩子们则带着战战兢兢的心情期待着那力量的强弱变化。

男孩摆出了要用大力的姿势，本以为他要使劲拉扯，结果却只是轻轻拉了一下。接下来却猛地一用力，女孩就一下子被拉倒了。再接下来，又仅仅轻轻拉了一下手就结束了。

男孩年纪虽小，看上去却像个大人——像一个伐木工，或者石匠，玩耍时还用鼻子哼着歌，一副扬扬自得的样子。

观察了一会儿，阿峻发现男孩只有在拉扯胜子时才会格外用力。阿峻心中很不开心，觉得这个男孩子很坏。他觉得胜子在被人恶意欺负。他之所以这么想也是有原因的，胜子是个比较任性的孩子，和别的孩子一起玩耍也不会老老实实地配合他们。

即便如此，胜子难道不知道自己受到了不公平的对待吗？不，她不应该不知道的。倒不如说其实胜子很清楚自己被欺负了，只是在勉强忍耐着罢了。

正在阿峻暗暗思考这件事的时候，胜子再次被狠狠地拉倒在地。如果她确实是一直在忍耐着的话，那么她在被拉倒后，脸贴地面的瞬间是什么样的表情呢？——虽然当胜子站起来之后，脸上的表情和其他孩子看起来并没有什么两样。

胜子是个不太会哭的孩子。

阿峻觉得说不定那男孩会无意中朝窗户这边看，然后就能看到自己，因此就没有从窗边离开。那彤云密布、深不可测的天空中，突然有什么闪闪发光的东西飞过。

是鸽子？

鸟儿的身影渐渐地与阴云融为一体,看不见了。根据反射的光可以判断出大概有三只鸟,它们在漫无目的地飞翔。

"啊,胜子这个傻孩子,她是不是故意要求人家用力把自己拉倒的呢?"想到这儿,阿峻突然想起了以前抱胜子的时候,她曾多次要求阿峻抱得紧一些,更紧一些。如果是这样,那么眼前发生的事的确像是胜子的行为。想到这儿,阿峻离开窗边,转身回到屋里去了。

晚上,吃好晚饭没过多久,胜子就开始哭了起来。阿峻在二楼听到了她的哭声,最后还听到了姐姐大声制止的声音,而胜子却旁若无人地哭得更起劲了。哭声实在太大了,阿峻就下楼来看。只见信子抱着胜子,胜子的一只手被拉到电灯的正下方,姐姐手里拿着针,那针正靠近胜子的掌心。

"胜子在外边玩时手上扎了刺。她自己也没注意,结果吃饭的时候沾上了酱油,刺激得疼起来才发现。"姐姐的婆婆对阿峻解释道。

"把手伸直!"姐姐很生气,故意很用力地拉扯着胜子的手。每拉一次,胜子都会像是被火烫到一般放声大哭。

"找不到刺,先别管它啦。"最后姐姐甩开了胜子的手。

"现在没办法了,先涂点药膏包一下吧。"婆婆赶紧哄胜子。信子去取药膏了。胜子依旧在哭泣,阿峻什么也没说,又返回了二楼。

涂了药膏之后，胜子的哭声仍然没有停止。

"刺肯定是在被拉倒的时候扎到手上的。"阿峻回想着白天的情形。阿峻又不禁开始想，胜子被猛地拉倒，面朝地面的时候到底是什么样的表情呢？

"或许她是在宣泄白天强忍着的委屈吧。"阿峻想到这儿，觉得胜子那宛如被火烧到一般的哭声，更加让人感到悲伤。

昼与夜

一天，他在古城楼旁石崖的背阴处，发现了一口保存得极好的水井。

他觉得那里大概是古时候武士居住地的遗址。附近的地面上既没有田地，也没有庭院，只有一棵古老的梅花树，种着南瓜、紫苏等植物。城楼的石崖脚下种植着的粗壮的乔木和古山茶形成了一道绿色的天然屏风，那口古井就位于这绿荫之下。

宽大的木制井口和方方正正的石头造型看上去既结实又气派。

两个年轻的女子正在那里用大盆洗涤衣物。

从阿峻所在的位置虽然看得不甚清楚，不过她们打水的工具似乎是一只吊桶，汲上来的水在木桶里荡漾着溢出来，倒映在上面的绿树影子随波晃动。洗衣盆旁的女子在一边等着，汲水的女子将吊桶里的水倒在盆里。水盆里飞溅起的水花映出了一道美丽的彩虹。溢出来的水把花岗岩地面冲洗得干干净净，水流汇聚而下，淙淙地从女子的赤足旁流过，上面也倒映着绿树的影子。

那真是一幅令人艳羡、看起来非常幸福的画面。绿树成荫，清凉舒适，井水丰盈，清冽甘甜。这一切都散发着一种迷人的魅力，深深地吸引着阿峻。

　　今天天气好晴朗，
　　家家户户晾晒忙。

他想起了小时候唱过的一首歌的歌词，不过记不清那是课本里的歌，还是小学时唱过的歌了。以前唱的时候并没有觉得这歌词有何情趣，而如今当他已长成翩翩少年，身处此情此景，这首歌忽然带给他一种鲜活的幻想，此刻这生动的画面也不由得深深地印在了他的心田。

　　乌鸦嘎嘎叫，
　　飞过寺院的屋檐，
　　飞过神社的林间，
　　乌鸦嘎嘎叫。

歌曲中还有一幅插画。

那是一幅题为"四方"的插画，阿峻记得画中的孩子迎着朝阳展开双臂。此刻那时的记忆逐渐在阿峻的脑海中——复苏了。

课本上的字体是一种手写的楷书，应该是由某位知名画家所写，看起来像是没有棱角的圆润字体，画中的孩子长着一张优等生的圆脸。

插画下方标注着"××权所有"的字样，当时虽然没有在大家面前念过，不过阿峻在心里进行了各种假设，默念过各种××权。他记得"××权所有"的写法好像很符合国家指定教材的风格，譬如书信范例里面的收信人的姓名。阿峻竟然将这样细枝末节的事情都回忆了起来。

阿峻想起来，他少年时代的确曾认为画中的场景是真实存在的，而且肯定也存在着那种单纯的孩子。那幅画给了他那样的感觉。

这一切都是他那时憧憬的对象，一个单纯、简单、健康的世界——而如今，这个世界就展现在他的眼前。没想到，在这样一个乡村的绿树荫下，这个世界以更加鲜活具体的形象存在着。

阿峻意识到，这种教科书式的感伤似乎已经预示了他未来应该有的生活。

——阿峻对眼前的风景万分喜爱，恨不得把它深深地吸入胸中，还有儿时的记忆与对新生活的憧憬，时时都会让他热血沸腾，也经常会让他辗转反侧，难以入眠。

在经历过失眠夜之后，他总会为一些小事而感到兴奋，甚至看到枫树皮的纹理也会无法抑制地产生兴奋之情。但是当那兴奋劲儿过了之后，又会有一阵疲惫袭来，哪怕是正走在路上，他也想马上躺下休息。

枫树的树皮摸上去有种凉凉的感觉。在古城的中心，阿峻站在他经常坐的长椅后面。

树根附近落满了松针，正在上面爬行的蚂蚁清晰可见。

阿峻注视着枫树清凉的树皮，如同皮癣似的附着在树皮上的苔藓的形状看上去很美。

儿时在草席上玩耍的记忆——尤其是草席的触感，在阿峻的身体里渐渐苏醒。

那时也是在枫树下，蚂蚁们爬过散落在地的松针。地面凹凸不平，他在上面铺了一张草席。

脚底能感觉到清凉草席下面凹凸不平的地面的快乐，只有孩子才能体会啊。草席一铺好，马上就跳上去，裹着和服在上面打滚，享受自由的快乐。阿峻心里这样想着，随即产生了一股冲动，想要把脸颊贴在树皮上感受一下那清凉的感觉。

"啊，又累了。"随即他感觉手脚有些微微地发起热来。

我想送你点东西。

一样是果冻。只要有一丁点脚步声,它的表面就会震动起来;一阵风儿吹过,便会泛起涟漪。它的颜色如海水般蔚蓝——你看,里边还有鱼儿在游呢。

另一样是窗帘。虽然是纺织品,但是上面描绘的是秋草繁茂的秋天。肉眼虽看不见,但是却可以感觉到那草丛中有一棵树叶被染黄了的银杏树。清风徐来,草也随之摇曳。而且,你看,草秆上还有尺蠖在葡匐前进。

我将把这两样东西送给你。不过我还没准备好,请你耐心等待一下。当你感到无聊的时候,也可以提前想象一下。我保证你收到后一定会很开心的。

某一天,阿峻把这些话写在了明信片上,他自然不是当成儿戏。那之后无论白昼还是黑夜,他觉得时不时就会袭来的焦躁情绪多多少少得到了一些缓解。夜里难以安静入眠时,可以听到天空中有夜鹭鸣叫着飞过。听到那鸣叫声,有时候他会觉得那是自己身体的某个部位所发出来的声音。此外,他还能听到虫鸣之类的奇怪声响。

"啊,不要再叫啦!"每当他在心中默念的时候,就会产生一种莫名其妙的感觉。这是近来一段时间,每个不眠之夜里他都会体验的经历。

熄了灯闭上眼后，他便会产生一种幻觉，仿佛很多东西都在他的眼前不停地运动起来。一开始他以为那是庞然大物，可是转瞬间又变成了尘土般微小的东西。他觉得自己似乎的确在哪里接触过这种非常熟悉的运动。他想象着自己睡觉时的脚尖，像旋转电机一样不停歇，朦胧之中感到脚仿佛在极遥远的地方，随后他立刻会被那种无计可施的心情所吞没。看书时，他有时会觉得字体在渐渐变小，其感觉和上述情形有些类似。那种感觉强烈袭来的时候会伴随着一种恐怖，令人无法合眼。

近来，有时他觉得那好像可以作为一种妖术来使用。所谓的妖术是这样的：

他小时候有时会和弟弟一起睡觉，他会趴在床榻上，用两只手做一堵墙（他是打算建一个牧场的），然后骗弟弟说："芳雄，这里能看到牛哦。"他用两只手围成一个圈，再把脸盖在上边，这样就可以想象在床单上投下的一块黑影中有很多牛和马——他到现在都觉得那很有可能是真的。

田野、平原、街道、市场、剧场、码头、大海。如此说来，这些被人、车马、船、各种生物所充满的规模宏大的景象，如果真的能够出现在这黑暗中就好了。而现在好像马上就能看到了，甚至连热闹的喧嚣声都已经传到耳朵里了。

他当时一时兴起在明信片上写下那些毫无根据的文字时的心情，也是源自这种奇怪的跃跃欲试的感觉。

雨

八月就这么结束了。

信子马上要回到位于明日市的学校宿舍去了。她手指上的伤已经痊愈了,因此母亲要她去向天理神表达感恩。信子在一位邻居的带领下去到教堂向神明表示感谢,那位邻居也是一位非常虔诚的天理教信徒。

礼拜结束回到家,正在帮信子捆扎行李的姐夫问道:"行李牌呢?"

"怎么光会站在那儿看着啊?"姐夫故意做出一副生气的样子说道,于是信子赶紧笑着去找。

"没有。"没一会儿信子就回来了。

"用旧布再做一个吧……"阿峻提议道。

"不用,应该还有很多呢。你找过那个抽屉了吗?"姐夫问信子。

信子回答说找过了。

"没准又被胜子藏起来了,再去找找看。"姐夫面带笑容地说道。胜子经常在自己的抽屉里收藏一些没用的小玩意。

"行李牌不就在这儿吗?"母亲说着微笑着把行李牌递了过来,意思好像在说"看你们这眼神"。

"家有一老如有一宝,没您还真不行。"姐夫饱含感情地说道。

那天晚上，母亲炒了豆子。

"阿峻，你尝尝好吃吗？"母亲说罢，将刚出锅的豆子递给了阿峻。

"这是准备给信子带到学校去的。就算给她带个三四斤过去，都会被她很快吃光……"

阿峻一边吃豆子一边听她唠叨，这时后门传来了响声，是信子回来了。

"借来了吗？"

"嗯，放在后院了。"

"可能要下雨，再朝里边推推吧。"

"嗯，推进来了。"

"吉峰家的阿姨刚刚问我，您明天就要返校了吗？她居然对我用了敬语……"信子带着一副疑惑的表情，说到一半就没再说下去。

"她对你说'您明天就要返校了吗'？"母亲反问道。

吉峰阿姨问信子"您什么时候返校"时，结果信子回答的时候竟然顺着她的话也对自己用了敬语。母亲和阿峻都笑了，信子脸上泛起了红晕。

信子刚刚出去借了一个四轮小手推车。

"明天早晨要搭乘第一班车，就用这个推着行李送她去车站。"母亲解释道。

阿峻想,真是不容易。

"胜子也去吗?"信子问母亲。

"她说要去,今天晚上得早点睡。"母亲说道。

阿峻心想,明天一大早起床把行李运过去实在太麻烦了,倒不如今天晚上就提前买好车票,先把手提行李送过去。

于是他建议道:"我现在就把行李送到车站去吧。"他这样建议的其中一个原因是他原本就是个爱面子的人,所以此刻他很想主动照顾一下正值妙龄的信子的心情。可是母亲和信子却一再坚持说:"不必了,不必了。"于是他也只好作罢。

这是一个夏日的清晨,信子、她母亲、她侄女三个人出发了。一人推着装行李的小推车,一人牵着孩子的手,一起朝车站走去。阿峻在心里想象着她们出发时的画面,觉得很美。

"她们三人也一定期待着出发时的那份喜悦吧。"阿峻的内心仿佛被洗涤过一样清爽。

这天夜里,阿峻仍然无法入眠。

半夜时分,下起了阵雨。伴随着淅淅沥沥的雨声,阿峻不知不觉地进入了梦乡。

过了一会儿,他感觉到有脚步声由远及近。

虫鸣声完全被雨声所掩盖。过了一会儿,那脚步声渐远,朝着镇上方向去了。

阿峻掀起蚊帐，起身打开了拉门。

古城的主城上亮着灯。树叶被雨水清洗过，闪着光泽，在灯光下折射出无数鱼鳞一样的光芒。

阵雨又下起来了。阿峻在门槛上坐下来，任凭冰冷的雨水打湿了他的双脚。

不远处的大杂院里有一户人家的门打开了，一个身穿睡衣的女人到水泵边打水。

雨越下越大，水泵的上水管咕噜咕噜发出了如同饮水时喉咙震动般的声音。

他注意到一只白猫从隔壁房子的檐下走过。

信子的浴衣还挂在雨中的晾衣竿上，那是她常穿的窄袖浴衣，也是阿峻最眼熟的一件。因此每当他看着这件浴衣时，就仿佛看到了信子的身姿。

阵雨渐渐朝着镇子的方向移动过去了，远远地传来了雨声。

"唧唧，唧唧。"

"沙沙，沙沙。"

蟋蟀的叫声中混杂着另一种虫鸣，那声音仿佛是质地绵密的玉与硬度很高的金属发生碰撞时发出的响声。

他感觉到自己的额头还很热，他在期待着下一阵越过古城而来的急雨。

樱花树下

樱花树下埋着尸体!

你一定要相信这件事肯定是真的。否则,樱花怎么会绽放得如此绚烂?它的美丽,令人不敢相信。这几天我寝食难安,辗转反侧。不过,现在我终于明白了,因为樱花树下埋着尸体,这绝对是真的。

为什么我在每晚回家的路上,就会像长了千里眼一般,脑海中浮现出这样的场景:在我房间里的数个家什中,精挑细选了安全剃刀那种又小又薄的刀片——你说你不明白缘由,其实我也不明白,你和我的不解一定是因为相同的原因。

其实不管是什么树的花,只要达到盛开的状态,都会向周围的空气释放出一种神秘的气息。就像正高速旋转的陀螺突然陷入了完全静止的状态一般,又如美妙的音乐演奏时产生的幻觉,使人产生仿佛燃烧过后的余味。那是一种动人心弦的、不可思议的、生机勃勃的美。

可是,昨晚和前晚,让我的心深陷阴郁的也正是这种东西。我总觉得那美丽之中有一种难以置信的东西,使我反而变得不安、忧郁、心情空虚。但是,现在我终于明白了。

你可以试着想象一下,在这些盛开的绚烂的樱花树下,埋着一具具尸体。如此一来，你就能明白到底是什么让我如此不安了吧。

那树下埋着马的尸体、猫狗的尸体，还有人的尸体，已全部腐烂生蛆，臭气熏天。而且，还有水晶一般黏稠透明的液体在滴滴答答地流淌着。樱花树的树根如贪婪的章鱼紧紧地抱着这些尸体，上面吸附着海葵触须一般的细根，饥渴地吮吸着那液体。

那么美丽的花瓣是怎么来的呢？花蕊又是由何而来呢？我仿佛看到了那些细根吸收进来的水晶般的液体，静静地排着长队，如梦幻般一点点地向上升起。

——你为什么做出一副痛苦的表情？这难道不是一种唯美的透视术吗？而我现在也终于可以安下心来认真欣赏樱花了。我已经从昨天、前天那种让我感到惶恐不安的神秘情绪中解脱出来了。

两三天前，我沿着小溪顺流而下，踩着石头行走。在小溪飞溅起的水花中，我看到四面八方都有薄翅蚁蛉如阿佛洛狄忒般降生，向溪谷的上空盘旋飞去。是的，正如你所知一样，它们会在那里举行美丽的集体婚礼。再继续往前走，忽然之间我遇到了一个奇怪的东西。在溪水干涸的河床处的一个小水洼那里，就在那积水之中，有一片意想不到的流光溢彩，如同石油般流动着覆盖其上。你猜那是什么？原来竟然是不计其数、可能多达数万只的蚁蛉尸体。它们密密麻麻地覆盖在水面上，互相交织在一起的翅膀折射出的光芒形成了油质般流动的光彩。那里，是它们产卵后埋葬自己的墓地。

当我看到这幅景象的时候，我的胸口仿佛被撞击了一般激动万分。我感受到了一种掘坟嗜尸的心理变态者一般的残忍喜悦。

在这溪谷里，没什么能带给我喜悦的东西。黄莺、山雀、被白色的日光照射得闪烁着青白光芒的树木嫩芽，这些不过是朦胧的心像而已。我需要的是惨剧。只有这种东西才能带给我平衡，使我的心变得明确起来。我的心如魔鬼一般渴望忧郁。只有我心中的忧郁达到圆满之时，我的心才会平静下来。

——你一定在擦拭腋下吧，出冷汗了吗？其实我此刻也一样。无须为此而感到不快。你就把它当成黏糊糊的精液吧。这样我们的忧郁就都功德圆满了。

啊，樱花树下埋着尸体！

这不知从何而来的幻想和完全找不到头绪的尸体，此刻仿佛和樱花树融为了一体，任我怎么摇头都始终挥之不去。

而此刻的我，也终于能够和那些在樱花树下摆开酒席开怀畅饮的村民们一样，怡然自得地赏花饮酒了。

器乐的幻觉

某个秋天，一位来自法国的青年钢琴家用传统技巧演奏了许多题材丰富的乐曲，表演一直持续到了冬天。其中既有德国的古典曲目，还有很多迄今为止只闻其名却未曾欣赏过的法兰西风格的作品。我听的是长达数周的音乐会，连续六次，会场设在酒店大厅，因此听众很少。得益于此，可以让我在安静的环境里，置身于音乐的包围中认真欣赏。随着参加次数的增加，我渐渐习惯了会场，也看惯了周围听众的脑袋和侧脸，那感觉仿佛要去教室上课一般熟悉而亲切。我也开始喜欢那种形式的音乐会。

那是临近结束的一场晚场音乐会。那天，我带着前所未有的从容和清醒头脑镇定地走进了会场。并且认真地把第一部长奏鸣曲一小节都不落地全听了下来。结束的时候，我已经完全沉浸在奏鸣曲的情感之中。当天夜里我失眠了，辗转反侧中我想到日后一定会承受比今天所感受到的幸福更多倍的痛苦，但这并没有影响我当时深深的感动。

中场休息的时候，我和相距甚远的朋友互相用眼神示意后，穿过人群走到了室外。那时，我和朋友都没有对音乐进行任何评判，只是无言地抽着烟。不知不觉间，我们两人各自固有的那种孤独在那个晚上的那个时间产生了一种共鸣。沉默无语，平心静气，我感觉到一种将自己团团包围的强烈感动伴随着一种类似于毫不动容的情绪充斥我的全身。我抽出一支烟来叼在嘴里，然后静静地吐出烟雾，仿佛一切如同往常，没有任何不同——被灯火映红的夜空也是如此，天空中偶尔闪过的蓝光也是如此……然而，我突然听到不知从哪儿传来的一阵轻狂的口哨声，那口哨吹奏的恰恰正是刚刚奏鸣曲中反复出现的旋律，我突然觉得内心涌出一阵强烈的厌恶之感。

休息时间还未结束，我便回到了座位，呆呆地望着留在空荡荡的会场里的几位女性的面孔，慢慢地，我的心绪终于平静下来。但是很快铃声响起，人们陆陆续续地回到座位上。虽然原来的位置上还坐着原来的人，但是我却开始变得不理解了。我的大脑像是僵住了一般，对于下面即将开始的曲目感到格外沉重。下面接连演奏的都是近代和现代的法国短乐曲。

演奏者白皙的手指敲击着琴键，时而如泛着白色泡沫拍击岩石的浪花，时而如打闹嬉戏的家畜，时而仿佛脱离了演奏者的意志，也脱离了演奏的乐声一般在跳动飞舞。当我感受到这一点之后，我的耳朵也突然从音乐中游离了出来，开始感受那屏息凝神的会场气氛。这是常有之事，但是一开始我并没有注意到，待到演出将要结束时，这种感觉才越来越显著了。我心想，今天晚上明显有些不对劲，是因为我累了吗？不是。我的心紧张到了过分的程度。一曲终了，大家都鼓起掌来，而我在这种场合则习惯安静坐着一动不动。今夜尤其如此，我仿佛在逞强似的岿然不动。

会场内潮水般的掌声逐渐平息，又归于安静，仿佛一首长长乐曲中的高低起伏，深深地印在了我的心底。

诸位读者小时候有没有玩过这样的把戏？身处喧闹的人群之中时，用手指把两只耳朵堵住，反复堵住、放开。这样一来就会产生"哇呜哇呜哇"这样奇特的鸣响，而周围人的脸则看上去毫无表情。没有人发现这件事，也没有人注意到陷入其中的自己。此刻正是与那时非常相似的孤独感以极其猛烈之势将我俘获。当演奏者的右手在高音区以极快的速度弹奏的时候，人们一齐屏住呼吸沉浸在那微妙的音律之中，我突然从彻底的窒息中清醒了过来，随后愕然不知所措。

"这是多么不可思议啊！现在哪怕那只白皙的手正在乐器上表演杀人的戏码，恐怕也不会有人叫出声来。"

我回想起刚刚的鼓掌声和喧闹声，宛如一场梦境，那声音还清晰地停在我的耳畔，那场景还留在我的眼底。然而刚才还那样热闹的人群此刻却如此寂静——我觉得这真是太不可思议了。而且没有一个人对此产生怀疑，而是全心全意地追随着音乐。一种无法用语言描述的虚无之感渐渐地在我心里蔓延开来，我仿佛漂浮于无边无际的孤独之海中。音乐会——包裹着音乐会的大都会——世界……一首短曲结束了。一阵秋风扫落叶般的声音席卷而过，随后又恢复了原来的寂静，音乐再次响起。所有的一切对我来说已经彻底失去了意义。人们时而欢欣地啪啪鼓掌，时而静默无声，这一切宛如一场梦，不知预示着什么。

当会场里最后一次响起掌声时，人们开始拿着外套和帽子从座位上站起来，音乐会结束了。我带着一种病中的寂寥，跟随着熙熙攘攘的人群朝出口走去。走到出口附近，一个穿着西装，脖子短粗的男人走在我的前面。我马上就认出那是一位因爱好音乐而名声远扬的侯爵。这是怎么回事？当他身上衣料的味道和我的寂寥感碰撞在一起时，不知为何他那充满威严的身形忽然委顿起来，甚至差点当场倒地不起。

我不禁感到一阵难以言喻的忧郁，匆匆赶去和在玄关等我的朋友会合。那天晚上，我没有像往常一样同他在听完音乐会之后一起去银座散步，而是一个人走回了家。自不用说，我又被预料之中的失眠折磨了好几个晚上。

"终于沦落到向弟弟借钱的地步了。"奎吉感觉到他自己那盲目的欲望高涨,而且一旦产生了那种欲望,一定是不撞南墙不回头的。

对他来说,一旦走到了这一步,那就说明一定是那丑陋的欲望占了上风。他心底里已经看清这一点,并且产生了放弃抵抗这种欲望的念头。

他现在太希望手里有可供支配的金钱了,但是他根本没有正当的手段可以帮助自己实现这一愿望。

父母已经不再给他钱了。要说奎吉为什么会陷入如此窘境,其实完全都是他的那种性格导致的。

因为他已经连续落榜两次,最近被一直存放学籍的高中给赶了出来。

和所有美德都背道而驰的欲望,一次又一次地摧毁了他那弱不禁风的意志。他怀抱远大的理想,承载着父母的期望,然而无奈的是他的意志实在太薄弱了。每次他都会后悔、起誓。但是随着时间的推移,他只是变得越来越放纵。最终他被拖着拉着走到了这般田地。于是他被学校赶出来了。

"你父亲这次是真的生气了。"奎吉被母亲训斥了一顿,"他说在你彻底痛改前非之前就好好在家里待着,不会给你零花钱的，你做好这个心理准备吧。还有，好好想想你将来的路该怎么走，家里已经不打算再让你去上学了。"

奎吉哑口无言，连一声"是"都没能说出口。金钱能让他自由，然而他现在要开始过没钱的日子了。

可是他很快就又想要钱了。他每天自称去散步，只是为了逃离家里令人窒息的氛围。然而他身无分文，走在街上也不过是徒增忧愁。

到目前为止，这样的生活已经持续了二十天左右，每一天他的心里都只想着钱的事。找不到一件可以拿去卖，或者可以拿到当铺去当掉的东西。就算有，估计最多也就只能换一枚五十文左右的银币而已。后来，当他突然想到弟弟的存款时，就按捺不住了。

这想法实在卑鄙无耻，奎吉一面在心里否定着自己的想法，一面又被欲望控制着。只要是人，大概都有过与奎吉类似的感受吧？总而言之，奎吉那时出现了非常奇怪的感觉。但是这种感觉仅仅止步于感觉，他没有做出任何有企图的举动来。可我倒认为，那感觉里存在人类想要隐藏自己的卑鄙意志，那意志在暗中默默地发挥着作用。证据就是人对自己的欲望进行拒绝和否定——至少这样想的话，就觉得自己并非彻头彻尾的卑鄙小人。

正当奎吉打算要做这件极其令人讨厌的事情时，心里想着自己终于要行动了——可是忽然之间，出现了另一个奎吉，这个奎吉没有对真正的奎吉作任何解释，迅速把所有的事都做完了，而真的奎吉则只是在一旁看着——奎吉突然想象出了这样的场景。

奎吉的弟弟名叫庄之助，是他父亲在外面的小妾所生的孩子。那个女人在庄之助十岁左右时就去世了，父亲便把庄之助带回家里，把他当成和奎吉一样的儿子来养育。父亲希望他能够早日长大成人，将来能够照顾他的外祖母。

然而世上的人都是不完美的，所以家里也不如父亲所幻想的那样温馨和睦。而且不管是父亲还是其他人，经常都会表现出自己的心胸狭窄和不完美。结果到头来最不幸的人就是庄之助。

庄之助最近从高等小学毕业了，到父亲熟人的店里做了一段时间短工。可是他体弱多病，也不太积极，父亲觉得他很可怜，就又让他换上蓝底白花的衣服在家里玩。奎吉突然想到的，就是向庄之助借钱。

庄之助从最近打短工的店回来的时候，店主给了他一包钱。于是奎吉就认为庄之助很有钱，他外祖母的钱，再加上奎吉无数次幻想过的庄之助挣来的那笔钱。

奎吉原本是非常不乐意去借这笔存款的。而且他知道，迄今为止一直饱受奎吉颐指气使压迫的弟弟，如果听到他的这种请求，一定会鄙视他。想到这些奎吉就觉得很痛苦。可是这时的奎吉想要钱已经到了不择手段的地步。他的欲望不断地膨胀，良心已经被压迫得快要窒息了。他透不过气来。感觉有说不清道不明的东西堵在他心里。然而最终还是欲望占了上风。那一瞬间奎吉就好像是旁观着另一个奎吉在做这丢人现眼的事一样，然后他听到那个奎吉叫住了庄之助。

"喂，庄之助，过来一下。"

当那个声音说出口后，那沉闷的回荡声让他厌恶至极。

正在专心阅读杂志的庄之助在哥哥的注视中站起身来，然而眼睛并没有马上从杂志上移开。当他终于抬起眼来触及哥哥那焦急的眼神时，他还是做出一副讨好的笑容走了过来。

奎吉面色冷漠，他遇到要紧事时就会出现这副表情，他告诉弟弟把杂志放下。然而当两人的眼神相对时，奎吉避开了。他感觉自己仿佛被囚禁在了一个虚无之处，但是为了不让自己的弱点暴露出来，他故作镇静，努力保持着一副没有表情的面孔。

"从你的存款里取点钱来给我，我有急用，妈妈现在还没给我钱。"

当他终于把这些话说完的时候，刚才那种奇怪的、扭曲的（这样的事情刚才已经发生过了）的幻想出来的心情已经消失得无影无踪了。

庄之助就像舞台上的人物在说旁白似的把视线投向了一旁，嘴里说着"嗯"，并点了点头。这时庄之助的脸上浮现出的微笑背后流露了一抹安慰奎吉的温柔表情，很不幸，这一切都映入了奎吉的眼底。

奎吉感受到了请求被拒绝时候的那种尴尬，每次战战兢兢地说"借点钱给我"时不自觉地流露出来的那种令人厌恶的表情总是会让奎吉的努力付之流水。他怀疑自己此刻是不是也带着这样的表情，并且庄之助从他脸上的表情看出了他的为难之处，设身处地地理解了他的痛苦，所以才会做出那么温柔的表情。然而奎吉认为庄之助的表情是得意的表现，让他觉得非常可恨。

"存折和印章都在你那收藏着吧？那你赶紧去给我拿五元钱来，还有啊，这事千万不要让别人知道，我很快就会还你的，谁也不能告诉，知道了吗？作为回报，到时候我会还你六元钱。"

奎吉还是没能控制住自己，把最后的丑陋暴露得一览无余，但是他无论如何也没办法控制住自己的嘴。

庄之助边听边点头，最后仿佛很难以启齿似的说：

"我其实没打算让你还我钱，不过你一定要还的话……"

奎吉被弟弟这番真诚的话打败了，自己居然穷酸地说起利息的事，真令人感到羞愧。因为他说会还钱，可是如果父亲不给的话，他又用什么办法还钱呢？就算是手里有钱，也得闭上双眼麻痹自己才行。可是，庄之助就算察觉到他这番不想还钱的心理，依然说出了如此真诚的话。

庄之助外出后，令奎吉难堪的场面终于结束了，厌恶感却渐渐涌上来,几乎将他淹没。奇怪的是,他居然吐了吐舌头,嘟囔着:"太好了……"甚至手舞足蹈起来,最后他说了一声"唔",开始皱起脸来,越来越用力,仿佛能在那脸部肌肉的收缩中感受到快感一般。

太郎与街

秋天如刚刚洗晒过的床单一样干净清爽。太郎在第一条街把夏天的衣服抵押了，在第二条街吃了牛肉。微醺着走出饭馆时，正午的钟声刚好响起来了。

钟声响过之后，他又去了第三条街和第四条街汇钱。飞机在天空中飞过。街上有一家新开的蔬菜店，还有鱼店和花店。整条街道上都弥漫着菊花的清香。

有和服店，有点心店，有日式和欧式的烟草店，还有罐头店……街道很漂亮，太郎在心里欢呼雀跃。有视觉的享受，有听觉的享受，嗅觉灵敏的人还可以尽情地闻着随风飘来的香气。

太郎希望自己有一双巨大的眼睛，可以好好欣赏这幅不断变化的街道风景画。在那些幻想出来的哄孩子们玩的漫画里，有人带着茶壶在河里游泳，有人拿着日之丸图案的团扇跳舞，有人看见汽车嘀嘀地驶过，就会画出对话框显示他的话。点心店里的硬糖果和果冻软糖装点得像新印象派的画布一样，洋酒瓶的酒柜如同巴格达的节日那样热闹。

又有飞机飞过，附近有一个种满大树的公园。太郎花了十分钱进了动物园，他觉得这儿的入场券即便是十元，也一定会有不少人纷至沓来，就连杂志社也会被各种写动物园的诗篇所塞满。来到水族馆之后，太郎不由得发出了由衷的赞叹。从动物园走出去后，他进入了一条陌生的街道。绚烂的黄昏来临了，天空披上了一层绯红色的外衣。太郎一边欣赏着天空的美景，一边朝夕阳的方向走去。月亮从他的背后升起之后，太郎又朝月亮的方向走去。不一会儿夜幕降临，城市亮起了灯。蛾眉新月升起后随即又落下去，星星们陆续显现，向世界打招呼。太郎也挥舞着帽子向星星打招呼。

从洋房的三楼窗户向外能看到什么呢？一个年轻的男子站在散发着涂料味道的医疗器具店前，饱含深情地吹着口琴；一群女孩围成一个圈，双手举向天空唱歌；带孩子的少女并排朝前走着；烤鸡肉串店前摆出了摊位，长毛狗已经钻到了桌子下。

太郎希望自己有一双巨大的脚。他又想到，这世界上一定没有比地球更有趣的星球了。他想绕着地球走一圈，就像踩着皮球上纵横交织的青红线那样。地球通过自转，让我们看到早中晚的变化；通过绕着太阳航行，给我们带来春夏秋冬四季。我们随着地球的旋转，时而头朝上，时而头朝下。但即使头朝下时，血液也不会朝上涌，只要我们踩着大地就总是健康安全的。从古老的创世之初到有着劳动争议的今天，长久以来不断积累的东西都在这里。伟大的精神是将军，我是来自自凝岛的志愿兵。一二一，一二一，太郎打着拍子迈步向前，内心里激动异常。

这里有广告塔，有药店，有中国商品店，还有书店。喧闹的街道上，电车往来穿梭，出租车飞驰而过。太郎想起了小时候的交通工具。他想到了某种运用夸张透视法的画派，于是他在心中再现了昔日的街道和交通工具。他看见了新款的冬装，看见了干货店，看见了玩具店，还看见了烟草店。太郎顿时精神振奋，甚至希望自己能够施展魔法。

"嘿，嘿！"

"嘿！"

这位是太郎的朋友。太郎身上只有五个一元的硬币了，他用一元和朋友的五十元进行了交换，这样他就有了钱，然后他拿这笔钱去吃了金枪鱼寿司。

他走进了一条有艺妓茶屋的小巷，里面传来三弦琴的乐声和年轻女子嬉闹的声音。有的女人正裸露着香肩涂脂抹粉，还有浓妆艳抹的女子风摆杨柳般地走过。出了这条小巷就进入后街。从挂着"柔术指南"和"正骨院"招牌的道场里走出来的年轻男子又走进了汽车店。中华料理店里传来了扩音器的声音。等走上一条安静的山间小道时，四周突然一下子寂静了下来。

爬上坡顶，他一边站在路边小便，一边俯视着整个城市的街道。昆虫啾鸣，街道笼罩在一片雾霭之中。小便完换了一块干净的地方站定，他静静地凝视着夜景，让自己与夜色融为一体。黑色的森林已经沉睡了，房屋沉睡了，只有几扇窗还醒着。远处的窗户旁站着一个女人。路灯杆上长着一只红色的眼睛。太郎被这一切深深地感动了。

后来他走过的街道都非常安静，连钢琴的声音都没有。刚才是夜幕初降，而此刻已是深夜。难道是突然跨过了一个时区吗？看来必须要调整一下手表的时间了。太郎的大脑感到奇怪。一打开闸门，大脑里各种喜悦的思绪都争先恐后地涌了出来。"好了！"太郎关上大脑的闸门，继续赶路。秋天来了，那是一种从未体验过的乐趣。

回到住处的时候，太郎已经精疲力竭了。他在房间里逐一摆出这些思绪，如果让它们一个接一个地演讲，一整晚大概都不够。这时不知从哪儿传来了摇篮曲的声音，太郎在那歌声中渐渐地睡去了。那些还没有登场的家伙们，就打扮一下，在梦中粉墨登场吧。

K君的升天

——或K君溺死之谜

拜读了你的来信，看样子你似乎对于K君的溺死有很多的疑惑：到底是失足落水还是自杀？如果是自杀的话，原因又是什么呢？难道是因为得知自己得了不治之症而厌世了吗？我只是在N海岸的疗养地偶然与K君相识，有过短短一个月的接触而已，而你却给素未谋面的我写了这封信。我也是在你的信中才知道K君在那里溺死的事。我深感震惊，同时又觉得K君终于去了月亮的世界。我为什么会有这种怪异的想法呢，我打算把自己的想法说给你听听，我想这也许是解开K君之死谜团的关键之一。

那是什么时候的事，对了，是我到达N海岸之后的第一个月圆之夜。因为生病的原故，我那天晚上怎么也无法入睡。后来我索性从床上爬起来走出了旅馆。很幸运，天上是满月，我踏着地上松树斑驳的影子朝沙滩走去。已经收网靠岸的渔船和卷着拖网的轱辘在白色的沙滩上留下了清晰的影子。沙滩上没有一个人影。此刻已经退潮了，一阵阵汹涌的海浪冲击过来，把映在海面上的白色月光打成了碎片。我点了一支香烟，在渔船边上坐下来眺望着大海。此时夜已经很深了。

过了一会儿，我把目光转向沙滩，突然发现除我之外还有一个人，那人就是K君。但那时我还不认识K君这个人。就在那天晚上，我们彼此报上了各自的姓名。

我时不时回头看看那个身影，渐渐产生了一种奇异的念头。因为那个人影——K君——距离我有三四十步的距离，可他并没有在看海，而是背对着我，在沙滩上一会儿向前一会儿后退，一会儿又驻足不前，一直重复着这些动作。我以为他是在寻找丢失的东西。因为他身体前倾，似乎在凝视着沙子。不过他既没有蹲下去，也没有用脚拨弄沙子去检查。那天是月圆之夜，月光十分明亮，所以他也没有要点火照明的意思。

我在看海的同时，渐渐地注意起那个人影来。我越来越觉得奇怪。庆幸的是，他一次都没有回头看我，完全背对着我行动，于是我开始目不转睛地观察他。一阵不可思议的战栗传遍了全身。我感到自己完全被他身上散发出的某种气质所吸引。我重新面朝大海，吹起了口哨。一开始完全是下意识的，或者说是想到有可能会对他产生某些影响之后就变成了有意识的行为。起初我吹了舒伯特的《在海边》。你可能知道，那首曲子是用海涅的诗谱成的，也是我很喜欢的一首乐曲。随后我又吹了一首海涅的诗《幻影》。这首诗歌也叫作"双重人格"吧？这也是我非常喜欢的一首歌。吹着口哨，我的心情渐渐平静下来了。我想他应该就是在找东西吧。若不是这个原因，还能怎么解释他那奇怪的动作呢？我想，他不抽烟，所以应该没有火柴，但是我有。我觉得他肯定是丢了非常重要的东西吧。于是我把火柴拿在手上，朝他走了过去。那个人对我的口哨声毫无反应，他依旧在重复着前进、后退、驻足的动作，好像没有注意到我向他靠近的脚步声。我突然醒悟过来，他是在踩自己的影子。如果是找东西的话，他应该面朝大海的方向，让影子留在身后。

稍稍偏离了中天的月亮在我走过的沙滩上投射出了一尺左右长的影子。我觉得他一定发生了什么事，于是便向他走了过去。在距他四五米的地方，我壮着胆子大声和他搭话：

"你是不是丢了什么东西啊？"

说着举起手中的火柴向他示意，接下来我本来打算这样说："你要找东西的话，我这里有火柴。"可是我已经察觉到他好像不是丢了东西，那么这些话不过就是和他搭讪的手段罢了。

刚听到我说话的时候，他就向我转过身来。他那张脸瞬间让我想起了一种叫作野箆坊的妖怪，他一转脸就把我吓得不轻。月光静静地照在他那高高的鼻梁上，那深邃的瞳孔，让他那张脸看上去极其阴森恐怖。

"没什么。"

他的声音非常清澈，嘴边还浮现出了一丝微笑。

于是以这件奇怪的事为开端，我和K君开始交谈起来。从那夜起，我们的关系变得亲密起来了。

过了一会儿，我们一起回到渔船旁坐下。我问他：

"你刚才到底在干什么啊？"

接着K君开始一点点地向我讲述事情的原委，只不过一开始的时候，他好像还有一点犹豫。

K君说他最初是在看自己的影子，然后就像吸了鸦片一样上瘾了，欲罢不能。

你一定会觉得这件事非常离奇古怪，其实我也一样。

面朝夜光藻闪烁的大海，K君慢慢地向我讲述了那件匪夷所思的事情。

K君说，世上没有比影子更不可思议的东西了。如果你也试着做一下的话，一定也会有这样的体验。一动不动地盯着影子看，里面慢慢就会浮现出有生命的东西来。那不是别的，正是自己的身体。在电灯之类的光线下是不行的，最好是在月光下观察。其中的原因我就不说了——只有自己亲身经历过才会相信，当然这可能只是我自己的感觉罢了。即使客观上来说那是最好的，但是要说有什么依据的话，我觉得一定有非常深远的意义在里面。为什么人的大脑能够感觉到那样的东西呢？——这些都是K君的说法。首先K君依赖自己的感觉，并把那感觉的由来置于无法解释的神秘之中。

话说回来，凝视看自己月光下的影子，真的能感受到其中有生命的存在，那是因为月光是平行光线，所以投射在沙子上的影子会与自己身体的大小相同，这一点也是众所周知的。当然影子短一点时也是很不错的。我认为一两尺左右的影子就很好。而且虽然静止时的影子可以很好地与精神统一，不过我觉得影子还是稍微有点摇晃为好。K君走来走去又停下来就是因这个缘故。就像杂粮店把小豆放在筛子上轻轻晃动来过滤碎皮一样，也让自己的影子晃动起来。然后静静地凝视它，不一会儿自己的样子就慢慢显现出来了。没错，那已经超越了"感觉"的范畴，而进入"可视"的范畴了——K君如是说。

然后他说："刚才你是不是吹了舒伯特的《幻影》？"

"嗯，吹了。"我回答道，心想，原来他还是听到了啊。

"自己的影子和乐曲《幻影》，是我最喜欢的东西，一到月夜我就会被两者所吸引。每次看到听到，我都感觉它们好像不属于这个世界。每当我沉浸在这种感觉之中时，就会觉得现实世界和自己完全格格不入，无法融入其中。所以我白天才会像个吸鸦片的人一样萎靡不振。"K君说道。

在影子里显现出自己的样子来，不仅如此，还有更加不可思议的，随着它的显现，影子开始拥有自己的人格，与此同时，真正的自己渐渐远去，在某一瞬间开始快速地向着月亮飞去。那种感觉很难用语言来描述，或许我们就把它称为灵魂吧。顺着月亮照下来的光线，带着那种无法言表的心情，飞升而去。

K君说到这里的时候，双眸一直紧紧地盯着我的眼睛，一副非常紧张的样子。接着好像想起了什么似的，微笑着缓和了一下自己紧张的情绪，又接着说道：

"西拉诺[1]曾经列举过能够去往月亮的方法,这也是其中的一种。但是儒勒·拉弗格在诗中这样写道:'悲哀的伊卡洛斯啊,来几次都必坠落!'我也是尝试多少次都必坠落下来啊。"说罢,K君笑了起来。

自从那夜的奇异邂逅之后,我们每天都会互相拜访,一起散步。随着月亮渐渐从满月变为残月,K君也不经常在深夜里到海边来了。

一天清晨,我站在海边观看日出。那天K君大概也很早就起来,来到了海边。当一艘船刚好驶过,挡住了太阳光的时候,他突然问我:"你看,那背着阳光的船不正是一幅剪影吗?"

在K君的心中,那艘船的实体反而看起来像是剪影,大概是对影子看起来像实体这一命题的反向证明吧。

"你很积极嘛。"

听了我的话,K君笑了起来。

K君有几幅利用海面升起的太阳光制作的等身大的剪影,他说:

"我读高中时在学校住宿,一个宿舍里有一个美少年,不知谁把他坐在桌子前面的姿态给描绘了下来,那是电灯光投射在房间的墙壁上形成的影子,描下来后又在上面涂了墨,那幅剪影栩

---

[1] 西拉诺·德·贝热拉克,法国作家。主要作品有小说《月亮世界的故事》和《太阳世界的故事》。

栩如生,所以我经常到那间宿舍去看。"

这些都是K君对我说过的话。虽然我没有向他详细询问其中的原委,不过我觉得那可能只是个开始。

当我在你的信中得知K君溺死的消息时,最先浮上心头的,就是和K君第一次见面那天夜晚看到的奇怪背影。而且我马上有了一种感觉——K君飞到月亮上去了。而且,K君的尸体被打捞上来的前一天不正是满月之夜吗?这一点,我刚刚查看日历确认过了。

除了这一点,和K君相处的一个月里,我没有感觉到其他什么可以成为他自杀的动机。在那一个月里我多少恢复了一点健康,于是决心回到这里,而K君的病情却好像在恶化。我记得他的眼窝陷得越来越深,目光深沉,脸颊也愈加消瘦,高高的鼻梁凸得更厉害了。

K君说过,影子就像鸦片一样。如果我的直觉没有错的话,那么夺走K君灵魂的正是他的影子。但我并不确信,对我来说直觉只能作为参考。他真正的死因,我也非常迷惑。

但是我想以那直觉为基础,试着拼凑一下那个不幸的满月之夜所发生的事。

据神宫日历记载,那天晚上的月龄是十五点二,月亮于六点三十分出现,十一点四十七分到达正南。我想K君大概就是在这个时间前后走进大海的,因为我第一次在满月之夜的沙滩看见K

君的背影也是月亮大概位于正南的时候。再进一步想象，我想应该是月亮开始向西移动的时候。如果是这样，那么K君所说的一两尺高的影子应该是落在北边稍微偏东的方向，K君就是为了追赶这个影子而沿着海岸线一步步地斜着走入了大海。

随着病情的加重，K君的精神也变得越来越敏锐。于是那天晚上，他的影子真的变成了"有生命的东西"。出现了肩膀，出现了脖子，在他感觉有些眩晕的同时，"感觉"的范畴中终于显露出了人头，而且过了某个瞬间，K君的灵魂沿着月亮的光线向上攀升，慢慢地向着月亮的方向飞去。K君的身体渐渐不受意识的支配，在无意识之中一步一步地向大海靠近。影子里的他终于有了人格。K君的灵魂飞升得越来越高。而那影子里的他指引着那具躯体进入了大海，像操纵机器人一样。我觉得应该是这样的吧？就这样，在下一次退潮的时候，高高的海浪将K君带入了海中。如果那时候他的躯体恢复了知觉的话，那么他的灵魂也会再次返回他的躯体的。

悲哀的伊卡洛斯啊，来几次都必坠落！

K君称其为坠落。如果这次也坠落的话，那么会游泳的K君应该不会被淹死的。

K君的身体倒下了，被冲向了大海深处。他的知觉并没有恢复，下一阵海浪又将他送回了岸边，知觉仍然没有回来。他又被带向了大海，又被送回岸边，如此反复。而此时他的灵魂仍在向着月亮的方向飞升。

终于，肉体在毫无知觉的情况下彻底终结了。据记载，那天的退潮时间为十一点五十六分。而那时，K君的躯体被惊涛骇浪恣意裹挟着摇来晃去，而K君的灵魂则向着月亮，不断地飞升而去。

其一

仰望星空,几只蝙蝠正悄无声息地飞行。虽然看不见它们的长相,但从被遮挡着的闪烁星光来看,可以感觉到这种令人厌恶的畜类在飞。

人们已经入睡,四周一片寂静。我站在已经半腐朽的晾衣平台上,从这里可以看见房子后面那条横向的露天商业街。周围密密麻麻排列的房子仿佛无数泊在港口的货船一般。每家每户都有即将腐朽的晾衣台。我曾经看过德国画家赫尔曼·马克思·佩希斯坦(Hermann Max Pechstein)的作品《祷告的耶稣》,那是一幅跪着祈祷的耶稣画像,地点像是某个巨大的工厂后面。我感觉自己现在所在的晾衣台就很有些客西马尼园[1]的氛围,只不过我不是耶稣。每当深夜时来到这里,我那生病的身子就会发热,目光也会变得犀利。我只不过是不想成为妄想这头怪兽的盘中餐才逃到这里,让身体稍微承受一下夜露的洗礼。

家家户户都已陷入了沉睡之中,偶尔会传来几声有气无力的咳嗽。基于白天的经验,我觉得那是露天商业街鱼店老板的咳嗽

---

[1] 位于耶路撒冷,据说是耶稣被钉十字架前祷告与静默之地。

声。据说这名男子的生意已经很难做了。租住在二楼的男人让他去看医生，可是他却不肯，还辩解说自己的咳嗽不是那种咳嗽。二楼的男人则把他的事泄露给了邻居们。住在这一带的都是贫寒之家，光付房租都已经很吃力了，根本不可能凑齐请医生的费用，肺病就是一场隐忍的战斗。当殡仪馆的汽车突然开进来的时候，就知道有人去世了，人们就会想起他生前劳动的身影。在这样的生活里，任何人都只能先让自己绝望，然后慢慢死去吧。

鱼店老板还在咳嗽。我感觉他很可怜，随即想到自己的咳嗽声应该也一样吧。我把那咳嗽声当成自己的，又听了一会儿。

从刚才起，露天商业街上就有许多白色的东西跑过。不只是这里，前面的正街也是这样。那是猫。我曾尝试着思考过为什么猫可以我行我素地走在马路上。应该是因为这里几乎没有狗。养狗的家庭一般都较为富裕，而路边店为了不让家里的商品被老鼠吃掉大多会养猫。狗少猫多，路上自然有猫走来走去。但是不管怎么说，这里的夜景确实不可思议。猫们旁若无人地悠闲踱步，宛如走在繁华商业街的贵妇。它们从一个十字路口跑到另一个十字路口，仿佛市政人员在进行测量工作。

隔壁晾衣台的阴暗角落里传来沙沙的响声，那是黄背绿鹦鹉。这种鸟很常见，鸟儿繁盛的时候，甚至还出现了伤人的情况。当人们开始考虑到底是谁最先提出想要这种小鸟的时候，这些没人要的鸟儿已经开始混入麻雀群抢食了。麻雀已经不来了，隔壁晾衣台的角落里有几只染了煤黑的鹦鹉活了下来。白天谁也不会注意它们，只是一到了晚上就会发出奇怪的声音。

这时我突然被吓了一跳。刚才在露天商业街上来回激烈追逐的两只白猫不知道什么时候竟然跑到了我的眼皮底下，此刻正发出细细的尖叫声扭打在一起。虽说是扭打，但并不是站着扭打，而是躺着扭打。我目睹过猫的交配，因此知道它们不是在交配。虽然小猫之间也会这样嬉戏打闹，不过这两只也不像平常的那种嬉闹。不知为何，它们的动作确实给人一种很香艳的感觉，我一直聚精会神地观察着它们。这时，从远处传来了巡夜警卫敲打警棍的声音，除此之外街道上一片寂静。而再看眼下的两只猫，仍然抱在一起扭打着。

它们温柔地轻轻咬着对方，用前肢互相推来推去。我逐渐被它们的行为吸引了。它们互相啃咬对方时那种有点恶心的咬法和互相推打的前肢——让人想起来它们用前肢抵抗人的拥抱时那种恰到好处的力量，那摸上去手指就会深陷其中的柔软光滑的腹部绒毛——现在被另外一只猫的两个后肢踩着。我从未见过如此可爱、如此不可思议又如此妖娆的猫。过了一会儿，它们突然互相紧紧拥抱着一动也不动了。看着它们，我产生了一种透不过气来的感觉。这时，露天商业街的另一端突然传来了巡夜警卫的警棍声。

每当巡夜警卫巡逻到我住处附近的时候，我都会走进房间里面。我不想被人看到半夜待在晾衣台上的样子。本来只要靠在晾衣台内侧就可以避免被人发现，不过我的拉门还开着，如果被他看见了必然会大声警告，那势必对名誉更为不利。因此一旦警卫来到附近，我都会匆匆地走进屋子。不过，今晚我很想看看这两只猫到底会做些什么，因此故意尽力把身体伸出了晾衣台。巡夜警卫渐渐地走近了，两只猫还和刚才一样互相抱着一动不动。我把两只互相纠缠在一起的白猫想象成了自己，同时幻想着一对男女放浪形骸时的痴态，借此我也能从中获取无尽的欢乐……

巡夜警卫越走越近了。这个警卫白天经营着一家殡葬店，是一个给人阴沉之感的男人。随着他越来越近，我对他看到这两只猫后即将表现出的态度产生了兴趣。他走到离两只猫大约四米远的地方时，好像发现了我，他停下脚步，四处望着。他这么一看，我兴趣更浓了。可是，两只猫却一动不动。或许是还没有注意到巡夜警卫的靠近吧，也有可能是觉得没什么大不了，干脆就懒得动了。这也是动物们了不起的地方。如果它们认为人不会给它们带来伤害，它们就很安心；就算人撵它们，它们也不会逃跑。实际上，它们仍在毫不松懈地一直关注着人的行动，一旦发现此人有要加害它们的迹象便会立刻拔腿逃走。

巡夜警卫看到猫一动不动，就又往前走了两三步。好笑的是，两只猫转过头来看着警卫，但是身体仍然抱在一起。这时我对巡夜警卫的反应产生了十分浓厚的兴趣。只见巡夜警卫把他手里的木头警棍伸到猫的附近,咚地在地上戳了一下。两只猫立刻弹起来,像两条射线一般朝着露天商业街的深处逃去。巡夜警卫看着猫的背影逐渐消失,然后继续像往常一样,百无聊赖地敲着棍子,离开了露天商业街,甚至都没有注意到晾衣台上的我。

其二

我曾经想好好地观察一下溪树蛙。

要想看溪树蛙,就必须到溪树蛙鸣叫的浅滩边缘去,这很需要胆量。如果慢慢靠近的话溪树蛙就会藏起来,因此行动必须迅速。到了浅滩之后,我赶紧找个地方把自己藏好,心中默念着"我是石头,我是石头",尽量保持一动不动,然后屏息凝神用眼睛仔细观察。因为溪树蛙和鹅卵石的颜色极其接近,很难区分,如果不认真辨认的话可能什么都看不到。过了一会儿,溪树蛙终于从水里和石头下面抬起头来了。仔细看就会发现,很多溪树蛙从各种各样的地方冒出头来——它们仿佛商量好了似的——小心翼翼地露出头。而我此刻已经与石头混为一体了。它们那过于恐惧而谨小慎微的身体又回到了原来的地方。过一会儿,我放眼望去,只见它们刚才不得已而中断的求爱仪式又重新上演了。

如此近距离地注视着溪树蛙,常常会有一种不可思议的感觉涌上心头。芥川龙之介写过一部小说,讲述了人类进入河童世界的故事，而此刻溪树蛙的世界竟意外地来到我身边。我看着眼前的一只溪树蛙，仿佛突然跟随它进入了它们的世界。那只溪树蛙站在浅滩的石头之间形成的小溪流前，带着一副奇怪的表情定定地盯着水流，那样子像极了国画里的河童或者渔夫之类。突然，我面前的小溪变得宽阔起来，形成了一条江。一瞬间我突然产生了一种独立于天地间的孤独旅人般的感觉。

想象也就到此为止。可以说只有在这种时候，我才能最自然地观察溪树蛙。在那之前我曾有过一次这样的经历。

那次我从溪里抓来了一只呱呱鸣叫的溪树蛙，想把它放在桶里仔细观察。桶是浴场的，我在里面放上鹅卵石，装满水，用玻璃盖上拿到屋子里。可溪树蛙却怎么也无法恢复到平日里的自然状态。就算我放入一只苍蝇，那苍蝇落到水面上，溪树蛙还是无动于衷，井水不犯河水。我觉得很无趣，于是就去泡温泉了。等我回来时已经把这件事给忘了，直到桶里传来呱咕一声，我才想起来，我赶紧走到桶边观察，然而溪树蛙又像先前一样藏了起来，不肯出来了。我只好出门散步，回来时桶里又传来声响。等我走过去看时结果又和先前一样。那天晚上，我把桶放在身边，自顾自读起了书，等我忘记了它的存在，挪动身体时，它又跳进了水里。我在最自然的状态下读书的情形完全被它偷窥去了。第二天，它为我演绎了什么是"慌张入水"——它从桶里跳出来，跳过地面时身上沾满了房间里的灰尘，然后从我打开的拉门朝着有淙淙流水的方向跳去了。从那以后我再也没试过这个方法。想在自然的状态下观察溪树蛙果然还是要去溪边。

那是一个溪树蛙起劲鸣叫的日子，甚至在街上都可以听到它们的叫声。我从街道穿过杉树林走到了那个浅滩。溪边的树林里，蓝燕婉转地啼叫着。蓝燕和溪树蛙都能让溪谷变得生动有趣，让人觉得待在溪边是非常开心的事。据村民们说，在这样的一片树林里只会有一只蓝燕。一旦有别的蓝燕进入，就会被原住鸟驱逐出去。每当我听到蓝燕的鸣叫，我总是会想起村民的话，并且觉得非常有道理。那是一种多么自信的声音啊，它享受着自己的叫声和回声！它的声音十分清脆，整日响彻在溪间不断变化的阳光中。那时的我几乎每天都在溪谷间游玩，经常随口这样哼唱着：

"去西平，有西平的蓝燕为我鸣叫；来濑古，有濑古的蓝燕为我歌唱。"

我来到浅滩附近，那里同样有一只蓝燕。我听到溪树蛙的叫声后迅速走到浅滩旁，它们的歌唱却戛然而止。按照既定的策略，我只要蹲在那里不动就可以了。不一会儿，它们就恢复如常，继续鸣叫起来。那个浅滩处溪树蛙非常多，蛙声响彻了整个浅滩，仿佛从远方吹过来的风。那声音随着浅滩的波浪起伏，越靠近越高亢，随即达到了高潮。那声音的传播方式颇为奇妙，宛如一个不断涌现、不停摇动的幻影。按照科学的说法，地球上最早出现的能够发声的生物是石炭纪的两栖动物。因此一想到这是在地球上唱响的最初大合唱，我就有一种无比壮烈的心情。那声音是千古绝唱，是一种能使闻者心神震撼、肺腑感动、潸然泪下的音乐。

我的眼前有一只雄溪树蛙，它也同样跟着大合唱的节奏一起鸣叫，在合唱的间隙，它也会鼓动喉咙大声独唱。我尝试着寻找它的表白对象。距离它所在溪流约一尺远的石头下，安静地蹲着一只溪树蛙，我觉得它就是雄溪树蛙的求偶对象。观察了一会儿后，我发现雄溪树蛙每次鸣叫时，雌溪树蛙都会用"呱、呱"的声音回应。雄溪树蛙得到回应后歌声会愈加兴奋起来，它那热切的歌声不禁令我的内心也产生了共鸣。又过了一会儿，它突然又开始打乱合唱的节奏，那叫声越发急迫起来，待它的叫声响起后，雌溪树蛙就会"呱、呱"地回应。不过可能是因为它没有震动喉咙的缘故，声音比起热情的雄溪树蛙来说显得慢吞吞的。一定有大事要发生了，我在等那一时刻的到来。果不其然，在我以为雄溪树蛙就要停止它那聒噪的鸣叫时，它从石头上滑下来开始熟练地渡过溪流。这是多么可爱动人的场景啊，再也没有比这一幕更让我动容的了。它游过溪流向雌溪树蛙靠近，这和孩童在看到母亲的身影时，一边撒娇地哭着，一边奔跑过去的情景别无二致。它呱呱地叫着，向雌溪树蛙游去。如此全心全意的求爱是多么惹人爱怜啊！我彻底被这一幕迷倒了。

最后，它当然幸福地到达了雌溪树蛙身旁，接着它们在清澈的溪流中交配。但是它们痴情的美好却不及渡过溪流时那般可怜可爱。看着世间少有的美丽情景，我良久地沉浸在响彻整个溪谷的蛙鸣之中。

第一稿

　　一到夜晚,那个山谷就会被黑暗彻底吞没,溪水在漆黑的谷底哗哗流淌。我每晚都去的那个浴场就在溪水旁。

　　浴场由石头和水泥修筑而成,如同一座地牢。石头砌成的高大墙壁是为了挡住在暴雨时猛涨的溪水。石墙中间凿开了一个缺口,可以从那里通往溪边,简直和牢门一模一样。白天我泡在温泉池里从"牢门"向外眺望,可以看到在明晃晃的阳光下流淌着白花花的溪水,位置和人眼的高度差不多。枫树的枝条从石墙伸进来,时而有河鸟如子弹一般从那拱形石门中飞过。

　　到了傍晚,走到溪边的人们会因为周围突然变得异常黑暗而受到惊吓,重新折返回门附近的时候,眼前忽然——在那牢门里面——灯火通明,热气蒸腾,水雾弥漫,朦胧中浮动着熙熙攘攘的男女身体。那时人们会深切地感受到在自然中已经忘却了的人际交往的快乐。而这也正是这个拱形牢门设计中最为别出心裁的一点。

　　我入睡前都会到这里来泡温泉,不过通常都是在人们已经熟睡的深夜。这种时候只有我会来这里。耳畔只有哗哗流淌的溪水声,如期而至的恐惧感让我坐立不安。本来恐惧这种东西是难以用语言描述出来的，笔下的文字并不会使人产生实际感受。如果一定要用语言来描述这种心情的话，其实就是一种与身体对抗的感觉。在夜深人静时去泡温泉，必须带着能够与那种感觉相对抗的能量。这样可以让那种不安定的恐惧安定下来，使之产生一个界限。然而随着深夜泡温泉的次数越来越多，我终于意识到自己的恐惧有着千篇一律的固定形态，试着描述一下的话大概是下面这样。

那个浴场非常宽敞，从中间被一分为二。一边是村子里的公共浴场，另一边则是供旅馆住客使用的浴场。我只要进入其中一边，就一定会感觉到有某种东西进入了另一边。进入村子那边的温泉时，就总能听到住客温泉那边传来的男女的窃窃私语声。我知道那声音是怎么来的——浴场的入水口处源源不断地有清水涌出来。而且我也知道为什么会联想到男女——溪流上游有一家下等艺妓茶屋，那里的女人很可能会在深夜和客人一起来泡温泉。虽然知道了这些事情，但还是觉得很奇怪。尽管我知道所谓的说话声只是出水口的流水声，但还是会不由自主地把它实体化，接着我又想起幽灵这类的东西。每当那些声音传过来的时候，我无论如何都忍不住要窥视一下隔壁的温泉，确认一下到底有没有什么东西，万一那边真的有什么人来了，我的脸上也不要流露出什么奇怪的表情，我做着这样的心理准备，走到两边温泉共有的窗户那里，打开玻璃窗往另一边望去。然而不出所料，那里什么都没有。

当我进入旅馆住客温泉这边时，同样也会很在意村子那边的公共温泉。但是这次我在意的不是男女的说话声，而是前面提到过的通向溪水的出口处，总感觉会从那里进来一个奇怪的家伙。肯定会人有问："你说的奇怪的家伙，到底是什么样子？"反正就是非常奇怪的家伙，长着一张阴郁的脸，还有溪树蛙一样的皮肤。那家伙每晚都在固定的时间从溪水那边跑过来泡温泉。噗！这是一个多么愚蠢的幻想啊！但是我的的确确感觉到那家伙每天晚上都会带着阴郁的表情从溪水那边走来，而且每次他都直接看向我，在我偷瞄隔壁温泉的时候刚好和我四目相对。

有一次，有一位女客人对我说过这样的话：

"有一次我晚上睡不着，于是就去泡温泉。但是总觉有点毛骨悚然，感觉有什么东西从溪水那边跑到了隔壁的温泉里。"

我表示了赞同，没有问她那是什么东西，并在心里暗想，看来那不仅仅是我的想象啊。有时候我会从那个"牢门"走出去，来到小溪边查看。溪水发出阵阵轰鸣，拖着一条白蛇似的尾巴消失在下游的黑暗之中。对岸是比暗夜更加幽深黑暗的茂密树林，黑魆魆的大山高高耸立着，影子无声地向夜空延伸而去。黑暗中只能隐隐约约看到一棵糙叶树的树干，在黑夜中微微泛着白色。

这真是一幅完美的铜版画。茅屋的黑影默默无声，竹林显露出些许银色。一切是如此简单，那是一种无须过多解释的极其简洁的黑白画面，被难以用言语描述的感情浸透着。这幅铜版画里有人居住，他们正关门闭户身陷梦乡，在这星空之下，在这黑暗之中，他们却对这星空，对这黑暗一无所知。保护他们不陷入虚无的是他们的房屋。快看，看那隐忍的表情！那些房屋正在和虚无对抗。在畏惧与恐怖的重压下，默默地保护着可怜的人类。

最边上的那户人家是从别的地方搬来的表演净琉璃的家族。一到傍晚，那家的拉门上就会映出人影，传出三弦琴弹拨声和拙劣的呜咽歌声。

旁边是一个被称作"角屋老太婆"的上了年纪的艺妓，她从待了多年的角屋出来，独自经营着一家年糕小豆汤店，从没见过有客人造访。那老太婆总是跑到另外一家名叫"瀑布屋"的艺妓茶屋里，坐在暖桌旁说角屋的坏话，然后透过玻璃窗向街道上的行人抛媚眼。

再隔壁是一家木材店。友善的高个子老板已经驼背，耳朵也聋了。他的驼背是长年伏在木工台上刨刻着盆和托盘所致。可以看看晚上他和妻子来泡温泉时的样子：歪歪的长脖子向前伸着，背弓成圆形，胸向内含着，像一个病人。但当他坐到木工台前的时候是多么地孔武有力，他会像猛虎扑食一般把器具按在木工台上。人们甚至会忘了他是聋子，忘了他是个无与伦比的好人。而走在街上的他，就像是从机器上卸下来的摇把，那副样子看上去有一点滑稽，这实在是没办法的事。他很少说话，却总是笑眯眯的。恐怕这就是所有善良的聋子常有的神态吧。生意上的事都由妻子来打理，他的妻子长得很丑，但是为人非常踏实可靠。她和善良的婆婆勤勤恳恳地给丈夫雕刻好的盆涂上漆，再搬到货架上。对此一无所知的温泉客人看到老板的笑容，想要讨价还价的时候，她就会说：

"他有点儿困啦……"

这真没什么好笑的！他们二人真是一对非常好的夫妻。

他们把家里的一个房间当作行脚商人的客房。按摩师也会住在这里。一个叫宗先生的按摩师是净琉璃屋的常客之一，他会吹尺八。如果听到木材店里传出尺八声，就知道宗先生现在刚好有空。

他们家的入口处有相对而建的两家民房。其中一家的前院十分宽敞，就像磨刀石一样平整。走廊两边装点着大丽花和玫瑰，布置得像舞台，伸向街道的方向。如果这家的姑娘刚好走出来的话，一定会把正在眺望着花的人吓一跳。那姑娘是格蕾辛[1]，是公认的美人。她在前院向阳的地方一边煮蚕茧，一边像真正的格蕾辛那样摇动着纺车。她有时候还会背着背篓，从山上背着野草回来。她一到夜里就带着弟弟来泡温泉。她丰美的裸体像极了希腊神话中的水瓶，能让人化身为曼努埃尔·德·法雅[2]创作出一首恰

---

[1] 格蕾辛，歌德《浮士德》中的人物。
[2] 曼努埃尔·德·法雅，西班牙古典音乐作曲家。

空舞曲!

因为这个姑娘,这个家庭看起来很幸福。甚至连那一群鸡、几只小白兔,还有趴在大丽花根下伸着舌头的红毛小狗都看起来快乐无比。

但是对面的人家则与之相反,总感觉充满了阴森的气息。那是因为他们家到东京求学的二儿子最近亡故了,那个青年还做着送报员的工作。虽说是因感冒而死的,但听说是得了肺结核。家里有那么漂亮的院子,院子里还有高档的带引水管的蓄水池,为什么还是要做送报员那种辛苦的工作呢?这溪谷间不是有如此开心快乐的生活吗?林间伐木,种植杉苗,修剪枝条,割草烧荒。春天有鲜嫩的蕨菜和蜂斗菜,夏天鲇鱼会逆流而上,村民们会预备好潜水镜和鱼钩,潜入湍急的水流和深潭。待到从水里钻出来的时候,嘴里叼着一条,手上抓着一条,岸上的鱼钩上还挂着一条。到岩石间的温泉里泡一泡,身体就会变得温暖。就连马都有"马的温泉",在田间干活弄得满身泥泞的动物们会洗得干干净净地回到街上。深秋时节,可以去挖野生山药。傍晚经常可以看见村民们满身泥土地从山上归来,背上背着两三贯的野生山药。当作手杖的树枝上经常会绑着一条被剥掉了皮的光溜溜的蝮蛇,那是可以吃的。他们会起得很早,走一二十公里路到山里的山葵泽去。在那里砍倒栎树,做成培养香菇的原木。没有人比他们更了解培育山葵和香菇需要多少水、空气和阳光。

然而，在这样的田园诗里也潜藏着生活的固有规则。他们不是为了得到上流社会的赞赏才如此熟练地挥舞着镰刀，而是因为"吃不上饭了"，所以村里的二儿子、三儿子才不得不远走他乡。有人到半岛上其他的温泉浴场里当厨师，有人当起了货车司机，还有人到城里当建筑工人或者手工匠人。这是一片能够孕育出杉树和榉树的土地，但是这家的二儿子却到东京去当送报员。听说他是一个非常认真的好青年。既然是靠自己的能力去东京求学，那就一定是被讲谈社的招聘广告给欺骗了；竟然客死东京！恐怕他在临死前的幻觉里还会看到自己家那一尘不染的院子，还有那青苔上的积水，那引水管吸上来的晶莹剔透的清冽井水，想必这一切都让他倍感悲伤吧。

第二稿

想要来到温泉，就要从街道下几级石阶走到溪边。又从街道乘坐开往温泉的短驳客车，从溪谷也有"鲶鱼"开上去——这么说的话可能比较可笑。而短驳车的起点就在这条小溪下游，长约一公里的K川所流过的半岛入口的温泉处。

溪边的温泉浴场用厚厚的石头和水泥围成了一道防护墙。这是为了防止下暴雨时溪水暴涨流进温泉而建造的。溪水的一侧是人造的墙壁，另一侧则是天然的崖壁，上面有一座木质建筑供人们换衣服和休憩。这是村民们共同拥有的濑古瀑布温泉。

浴池从中间一分为二。一边是村民的大众浴场，另一边则是供旅馆住客使用的。村民的大众浴场面积很大，能容得下几十人，而住客这边的温泉则相当狭窄，不过却贴了白色的瓷砖。村民温泉那边有一个通向溪流的拱门，是从厚厚的墙壁上凿出来的一个缺口，泡在温泉里向外眺望时，可以从拱形空间里看到水位高到眼睛的白色激流，还有从溪边伸过来的枫树枝，有时还能看到河鸟像子弹一样掠过。

第三稿

想要来到温泉，就要沿着街道经过几级石阶才能走到溪边。那里有煞风景的木头建筑，台阶之下就是浴场。

温泉与溪流之间被一道石头和水泥砌成的高墙隔开。其目的是为防止暴雨时溪水流进来，靠近溪水一侧的石墙上被凿了一个洞以便进出，给浴场营造了形同地牢的氛围。

几年前，这个温泉还只有茅屋顶，每天风吹日晒，有时会有樱花瓣飘散进来，溪水的风景也能尽收眼底。很久以前就在这里泡温泉的老客人们，经常会很怀念地聊起那时的风景。虽然多少有些牢门的感觉，但是从那个拱形的出口可以看到溪边的枫树枝探过来，看到和人眼位置差不多高的白色激流，时而还会有河鸟如子弹般掠过。

另外,石壁和岩壁之间的天花板有些许缝隙,夜晚能看到星星,还有樱花瓣飘进来,有时建在上面的鸟巢里还会落下美丽的羽毛。

(第一稿　1903年)

(第二稿　1931年12月)

(第三稿　1932年1月)

海的遐想

……各种斑斓的颜色向岸边涌来,宛如一片红、蓝枯叶。此刻,那岸边的温泉和海港小镇仿佛雕刻在复古项坠上的风景画。山海一体,寂静无声。太阳徐徐沉进镇子后面的大海,镇子和海岸都在静静地休憩。那斑斓的颜色不断向远处扩散,将海面染成了不同的色块。默默地看着出海的渔船,等待着它们从阴影占领的黑暗区域驶向阳光照射的光明地带,也不失为一种享受。渔船和渔夫都被橘色的微弱阳光染红,看着这幅画面的我也渐渐被染上了颜色。

"这儿的景色看上去就像虚弱的结核病疗养院,我最讨厌这种地方了。

"也有人赞叹这随着浮云不断变换颜色的海。整天眺望海面上悠然往来的各色浮云,也不错啊。而且我记得你好像说过这样的话,你现在没有享受这种幻想的心情了吗?你说过的,那相隔不过数里的海平线在天空和大海之间飘摇,能够引发缥缈无限的想象,只不过是在哥伦布发现新大陆之前。我们热爱大海,热爱幻想,那一切的虚无缥缈都在海平面的另一边。在海平面的另一边沿着球面倾泻而下、奔腾流淌的才是真正美丽的大海。这可是你亲口说过的。

"能看到夏威夷,能看到印度洋,还能看到月光如洗的孟加拉湾。如今眼前的海景与之相比不过是一个粗糙的素材罢了。不过它也是有功劳的,光看地图是无法产生这样的幻想的,因此这片海也算是一个不可或缺的存在吧……大概就是这个意思。你之前这么说过的……

"……你是在故意破坏兴致吗?这么一说,你倒是很像每晚在梦中大声叫喊着追逐我的惠比寿三郎。你赶快停止这种恶俗的想象吧!

"我心目中的大海不是那样的。不是你说的那种看起来像是得了结核病的病态风景,也不是傲慢诗人故意做出的姿态。这恐怕是这几年来我最认真思考的一次了。你给我认真听着!"

我心目中的大海是明媚、活泼、生机勃勃的。这是一片从未被疲劳和忧愁污染过的纯粹而明亮的大海。它不是游客和病人眼中美化过的如同红葡萄酒般甜腻的大海。它是酸涩的,泛着气泡的,像尚未完全发酵的葡萄酒浓烈而粗犷。一个波浪劈头打来,空气中弥漫着令人反胃的海藻腥味。那带着细碎海水的空气中夹杂着野兽一般的气味,那贯穿于大气之中射向大海的明亮阳光……啊,我现在无法心平气和地讲述这些。因为,这个画面只有在我烦恼不安、心乱如麻什么都想不清楚的瞬间才会突然显现。在那些瞬间,如岩石般坚硬的现实突然被劈开,横截面霍然呈现于我的面前。

现在的我无论如何也不能用语言精准地将它们描述出来。因此我决定给你讲讲那海的由来。那里曾经是我的家，虽然我只是在这片土地上短暂地生活过。

那里有许多颇有名气的暗礁和小岛。岛上的小学生每天早上都浩浩荡荡地一起乘船到港口的小学，放学后再一起乘船回家。他们风雨无阻。在岛上长大是一种怎样的体验呢？岛上风俗习惯和其他地方都不同。有个女人经常来我家，回去的时候会带走一些穿破的旧和服碎布，留下一双草履或者裙带菜。有时她还会赠予我山茱萸或者杨梅枝之类的东西。然而比起这些实物，她带给我更多的是浓郁的海岛特色气息。我总是有很强的好奇心，可以发现别人的恭敬，会专心倾听他人谦虚的话语。然而我一次都不曾踏上过那个岛。某一年的夏天，岛上爆发了痢疾，我看到附近的岛屿上建起了接收病人的临时营舍。那里总是在焚烧着什么东西，那火在夜晚看起来更加恶心和恐怖。没有人在海里游泳了。枕头之类的东西在海面上随着波浪浮沉，愈加给人一种恐怖的气息。那个岛上只有一口井。

在那些暗礁里曾经发生过这样的事。一年秋天的夜晚，后半夜下起暴雨。黎明时分，在猛烈的风雨声中，钢铁厂里突然响起了尖锐的警笛声。当时那种悲壮的场景至今仍然历历在目。各家各户开始骚动，人们从四面八方拥了过来。原来是一艘驱逐舰在海港入口撞上暗礁沉没了。钢铁厂的工人们用长竹竿划着小舢板，顶着暴风雨和滔天巨浪赶过去救援。可是好不容易赶到现场之后，小舢板被海浪打翻，不但没帮上忙，反而成了累赘。倒是那些采珍珠的海女们发挥了巨大作用，她们潜入海中艰难地将遇难者的尸体拖了上来。岸边的人为救上来的士兵们生起了篝火，海女们用自己的身体温暖已经冻僵了的士兵。舰上大部分的水兵都被淹死了。更残酷的是，听说遇难者们的指甲都掉光了。这是人们在岩石和波涛之间拼命自救的一个骇人故事。

如果站在山上远眺，在退潮的时候，有时海上还隐约可见那艘撞上暗礁沉没的驱逐舰的残骸。

雪后

一

就在行一困惑于究竟该留在大学还是该去工作时，他的教授给他谋了一职，虽然不能让他大富大贵，但足以支撑他的生活，同时也能让他继续做研究。那位教授在自己研究所的一隅为行一备了一把椅子，于是行一开始了枯燥的研究生活。与此同时，他与信子的新婚生活也拉开了序幕。之前，两人的婚事一直被行一的父母和亲戚们干涉阻挠。最终，行一在众人的埋怨与责怪声中，还是把婚事办了，其他人也毫无办法。

夫妇俩在东京郊外过起简朴的生活。郊外既有麻栎树林、麦田，也有街道以及菜园，地形多变但是十分清静安宁。信子最喜欢那片养着奶牛的牧场，行一则欣赏那些成熟稳重的农家人。

"你要是碰到别人甩马鞭啊，对方的手里是这么握着鞭子的，对吧？这时候你一定得避到旁边，要不然可就危险了。"

行一教着妻子。暖春的路上飞扬着尘土，路上时时会看到由驯马师牵着的悠闲的马儿。

他们在这里租了一栋房子，房东是住在当地的一位农夫。房东对这对夫妇十分关切。夫妇俩常常会带着房东家的孩子去自己家玩，那孩子身上散发阳光与泥土的自然气息。行一出入房子的时候,有时也会抄个近道,从房东家围种着秧苗的前院穿过去。

"——咔嚓咔嚓,咔嚓咔嚓——"

"听,那是什么声音?"行一放下手中的筷子,仔细地侧耳倾听,把目光投向妻子。妻子冲着他咯咯地笑起来。

"是麻雀呀。因为我之前在房顶撒了一些面包屑。"

那声音一响起来,信子就停下手里的活儿,走到二楼,蹑手蹑脚地挪向玻璃窗边。有四五只小麻雀正在啄食,它们可不是走着,而是将小爪子并起来,一跳一跳地移动着。虽然信子一动不动,可麻雀们好像突然察觉到了信子在身边似的,叽叽喳喳地飞走了。信子说了这么一番话:

"(麻雀)就这么慌慌张张地逃跑了,连人家的脸都不看一眼……"

行一听到这句"人家的脸",便笑了起来。信子常会说一些俏皮话来点缀乏味的生活。行一心里想,信子那姑娘真是会苦中作乐。再后来,信子怀了身孕。

二

湛蓝的天空广阔无比,树叶尽数落下,悬铃木上结着已经风干的褐色果实。冬来了,北风劲吹。村里出了一件命案。接着流言四起,说村里有盗贼出没。不久后,又发生了火灾。在日渐变短的白昼里,信子紧闭房门。她怕极了,连看见飞舞的树叶都会惴惴不安。

有一天,天刚蒙蒙亮,他们在自家的白铁皮屋顶上发现了一行脚印。

行一考虑到这一带没有自来水和煤气,生活多有不便,出于对如今身怀六甲的妻子的疼惜,他开始在市区内找寻合适的住处。

"房东去派出所报案了,结果警察却说:'我们辖区里是不会出事儿的。'他们总是这么推脱,看样子是不会来巡逻了。"

信子拜托房东夫人替她看家,她也去了市区一趟。

三

有一天,天空突降大雪,似乎是在宣告早春就要到了。

清晨,行一还没起床,就听到白铁皮屋顶传来雪水融化的嘀嗒声。

推开窗,房间里一下铺满了耀眼的阳光。整个世界都明亮得刺眼。百姓家那堆着厚厚积雪的茅草屋顶上升起了一层层氤氲的雾气,在深蓝色的天空中泛着鲜亮的白色,优美地舞动着,宛如新生的云彩。这一幕被他尽收眼底。

"嘿呦,嘿呦,起来咯!"

信子走来跟他道早安。

"哎呀,今天真暖和啊。"她一边说,一边把被子搭在栏杆上。阳光的气味扑鼻而来。

"唧唧啾啾——"

"啊,是树莺吧。"

有两只麻雀轻轻摇动着扁柏树叶,好像是要小憩一般躲在树荫之中。

"唧唧啾啾——"

原来是口哨声。想必是附近理发店里的小学徒在喂小鸟。行一对此抱有一丝好感。

"还真是口哨声,真遗憾啊。"

御岳教会的老人们每天早晨和下午都会发出朗朗祈祷声,他们还一同去原野上跟着号令做体操,今天他们堆了一个大雪人。旁边还立了一个牌子,写着"御岳教会×××作之"。

茅草屋顶上只剩下零星雪花,就像是鹿身上的斑点。袅袅升腾的蒸汽日渐稀薄。

有一晚,因为月色迷人,行一便走到户外散心。这一片原野倾斜得恰到好处,此时有两个穿着滑雪行头的男人,正在月光下依次滑行跳跃。

信子说过,白天时,会有孩子们坐在木板上,手里拿着木棒控制方向,排成一队在那里滑雪。那一段被孩子们开辟的道路

雪后

与这一带倾斜的山坡相连,就像是涂了滑石粉一般散发着惨白的光芒。

雪已经冻结,行一踏上去发出咔嚓咔嚓的声音,在月光下,他怀着愉悦的心绪漫步。那天晚上,行一给妻子讲了一位俄罗斯短篇作家写的故事。

"上来吧,我带你。"

少年邀请少女踏上雪橇。两个人流着汗登上了长长的斜坡。接下来的下坡路就能滑行了。雪橇滑行的速度越来越快。她的围巾随风飞扬起来了,猎猎风声从耳畔划过。

"我爱你。"

突然,少女在风声之中听到了一句低声呢喃。她的心脏怦怦直跳。但是,随着滑行速度放缓,风声也不再喧嚣,最后雪橇停下来的时候,她不禁怀疑刚才不过是自己的幻听。

"感觉怎么样?"

望着少年清爽干净的脸,少女似乎下定了决心,

"再来一次。"

因为少女想要确认自己没有听错,两人又一次汗流浃背地登上了斜坡。——围巾飘舞起来了。呼呼,耳畔划过风声。她的内心悸动不已。

"我爱你。"

少女轻叹了一口气。

"感觉怎么样?"

"再来一次!再来一次吧!"她发出了悲切的声音。下次,下次一定能确定。

然而不管两人滑了多少次,少女都听到了相同的声音。少女热泪盈眶地与少年分别了。一别即是永远。

——他们住在相距十分遥远的小镇,各自组建了家庭。只是这两个人直到年迈时都未曾忘却那天滑雪时的情形。

这个故事是行一在从事文学工作的朋友那里听来的。

"嗯,这个故事真不错啊。"

"可能有些情节是我记错了。"

后来,发生了一件不得了的事。有一天,信子在那个被孩子们开辟的斜坡上摔了一跤。她的内心隐隐不安,所以将这事瞒着丈夫。到了产检的那天,她心里紧张极了,好在听说胎儿一切正常。之后,她才把这件事告诉了丈夫。行一大发雷霆,信子从没见过他这副样子。

"你怎么责怪我都行。"信子哭着说。

然而,这份安心却没能持续多久。不久后,信子病倒了。她的母亲闻讯赶了过来。医生诊断说是肾的问题。

行一开始失眠。与此同时,研究所的实验也进展不顺。行一还很年轻,还没有在研究上遇到过什么挫折。这时候他变得不像自己,在该不该坚持到底的问题上摇摆不定。入夜了,行一辗转反侧,他想,信子肯定无法康复,他苦闷不已。最后他还是屈服了,他认为自己已经无法挽回这件事了。

"喔喔喔……"他似乎感受到了雄鸡振翅扇起的风。

远处似乎来了一个对手。近处的雄鸡已经透出疲态。远方那只则精神抖擞。

近处的鸡鸣声慢慢消停下来。

"喔喔喔……"

一声,两声,三声……远处那一只终于也不再叫了。似乎是因为它已经达到了目的。不知从何时起,行一已经习惯将这鸡鸣声与赛艇的场景联系在一起了。

四

"哎,你把电车乘车票留在家里吧。"行一系好鞋带,信子把帽子递给他,用虚弱的声音对他这么说着。

"你今天还不能出门。我看你的脸还有些浮肿呢。"

"可是……"

"别可是了。"

"妈妈她……"

"让岳母过来吧。"

"所以说呀……"

"所以说，车票由我们付吧。"

"我一开始就是想这么说的嘛。"信子憔悴的脸上露出了意味深长的微笑。（她又一次出了神）——身上穿着结婚前穿的和服。因为临近生产，和服的下摆有些微微撑开了。

"我今天说不定会顺道去一趟大槻家。可要是找新房子太费工夫的话，我就不去了，直接回家来。"他把剪下来的乘车券径直递到妻子手中，露出一脸为难的表情说。

"就是在这儿跌倒的啊。"他心想。他来到了之前那个山坡，红土地上遍布着灌木和竹林的根系，山坡侧面的土裸露着。

——他一走到那儿，就看到土壤里有着像女人的大腿一样的东西，有好多好多。

"这是什么？"

"那是××从南阳带回来，要栽种在院子里的某种植物的根。"

大槻不知道什么时候走了过来，回答了行一的问题。行一好像明白了。想必山坡上那一栋就是大槻口中的房子吧。

漫步了一会儿，他又看到了一条乡间的小路。他毫不打算在这里安家。在那一片被人开辟的红土地上也确实生长着好些"女人的大腿"。

雪后

"怎么会有这种树呢？真是奇怪。"

又不知什么时候，身边已经不见了朋友的身影。

行一伫立在那里，今天早晨的梦仍让他记忆犹新。梦里出现了年轻的女人的腿。它与植物这一概念相联结，给他留下了一种畸形的、奇怪又恐怖的深刻印象。植物的根须埋在蓬松的土壤下面，松软的红土中出现了粗大的霜柱，闪闪发着光。

他想不起梦中的××究竟是何许人也，估计是某个亲派的僧侣，因为富于进取心，积极开荒而为自己所知吧——行一揣测。至于那种奇怪的树，想必是因长着气根的榕树引发的联想。就算是这样，自己究竟为什么会做那样的梦呢。倒是并没有催发情欲的感觉。行一思索着。

提前做完了实验，下午行一就开始四处找房子了。原本性情开朗的他这阵子心情消沉，就连这种事都能让他感到一丝轻松。才刚刚因为寻找住处而松了一口气，他又去本乡选购了一些实验装置和用具，顺道去了一趟大槻家。大槻与他是中学和大学的同窗。虽然这位朋友是位文科生，钻研的专业不同，两个人脾气秉性也有差异，但是他们一直十分亲密友好，走进了彼此的生活。尤其是大槻一直立志当个作家，从苦苦投身于研究之海的行一身上，大槻多少能感受到两人间共通的激励感。

"怎么样了？还有，研究所那边呢？"

"唉，进展很缓慢。"

"心态很淡定嘛。"

"研究还停留在上个阶段呢。导师本来该在这次的学术会上做报告的,照现在这样来看也悬了。"

两人又聊到了其他话题。行一描述了他今天早晨做的梦。

"那棵像是章鱼树一般的植物是××从南洋移植过来的?挺有意思。"

"在梦里,这事还是你告诉我的呢。倒还真像你的风格。你总会告诉我些稀奇古怪的事。"

"哪有,哪有。"

"你常跟我胡说一些什么鹿葱啊,看麦娘啊之类的。"

"我没胡说,真的有这两种植物啊!"

"瞧你的脸都急红了。"

"真让人郁闷,你竟然用梦里的事来批判现实里的大活人。好吧。我也要说一个关于你的梦。"

"洗耳恭听。"

"这是我在很久之前做的一个梦。梦里有O君、C君,还有你和我。因为梦里我们要打扑克牌,所以四个人凑在一起。要说地点嘛,我们是在你家院子里玩的。就在牌局即将开始的时候,你突然从一个类似于储物间的地方拖出来一个小房子,像是出售车票的小亭子似的。接着,你钻了进去,跪坐在里面,从卖票的窗口对我们说:'把牌发到这里来吧。'说来好笑,不知道为什么，站在窗口的我竟然气不打一处来，就在这时候，O君竟然也钻进了小房子里，霸占了另一边的窗口……怎么样，我这个梦？"

"然后呢？"

"这真是像你的一贯风格……不对，应该说，会被O君霸占地盘这一点才更像你。"

大槻把行一送到了本乡街上。绝美的晚霞正在空中迤动。日已西沉的街上早早地迎来了昏暗夜色。在这夜色中的行人们却似乎都精神饱满。大槻一边走着，一边对行一说起了社会主义运动和投身于此的年轻人们。

"这么好看的晚霞到秋天可就见不到咯。现在一定要看仔细。我最近变得有些冷漠无情。天空好看吧？可我的心情却没什么起伏。"

"别说得那么轻巧。再见了。"

行一把下巴埋进毛线围巾中，与大槻分别了。

透过电车的窗户，可以看见穿过树叶间隙洒落下的阳光。晚霞逐渐变为一片死灰。夜里，晚归的马车正在前行，载着的纸筒蜡烛的火光就像是马车捧着花束一般。行一坐在电车上，回想起了此前从大槻那里听来的那番社会主义的话。他变得很被动，有些慌乱。他认为，自己一直以来经营的家庭就像是大槻梦中的那个售票亭。一听到社会底层这个词，他就想起了从红土中长出的女人的腿。不拘小节的大槻没有察觉到有妻儿的行一的感受。行一很害怕。

在终点，从满员的电车上下来的都是穿着工作服的人，劳动人民太多了。走过省际路面大桥时，晚报贩卖亭和鲤鱼贩卖点的微弱灯光一闪一闪的，他在反射灯的强光下默默地走下山坡。两侧肩膀都沉重不堪，像是背负着重物。行一常常有这想法。下了坡，行一看到星星隐匿在杂木林的树荫背后。

在路上，他恰巧从后面赶上了正要回家的岳母。在开口前，行一在岳母的身后沉默地望着她，走了一段路。他很少有这种看着家人行走的心情。

"为什么无精打采的呢？"

他脸上的表情有几分痛苦。

"您回来了。"

"哎，回来了。"岳母脸上好像露出了一点茫然的表情，"找到合适的房子了吗？

"都是些不尽如人意的房子。您那边……"

行一心想回家之后再细说，就在他犹豫要不要告诉岳母今天找到的那些混乱不堪的房子时，岳母好像特意转移话题一样——

"今天我遇到了一件稀罕事。"

据说是有头牛在街上生下了小牛犊。那母牛是送货铺子里负责拉车的。就在把货物送到目的地的时候，母牛临产了，送货铺的伙计和那家人焦急不已。小牛犊平安无事地出生了,母牛很年迈,一直休息到了傍晚。但是,岳母在见到那头牛时,它已经跟着拉货的车子走起来了,车上铺着草席,草席上载着小牛犊。

行一回想起了今天绚烂的晚霞。

"那里围了几圈人,大家都聚在那看呢。还有一个男人借了灯笼走过去了。他嘴里喊着"都让开",推开了挡在他前面的人,走到了母牛的身边——大伙儿都看见了……"

岳母脸上难掩感动之情。

"好了好了。"行一说,发胀的胸口被一种思绪紧紧地牵动着,"那我就先回去了。"

岳母说还要买些东西,行一就把她留在蔬菜店,自己急匆匆地踏上了微弱星光照耀下的小路。

苍穹

春末的一天下午,我独自在村中的堤岸上散步,晒太阳。天空中有一大朵长条形的云彩,它一动不动,向地面歪斜,在地面上投下紫藤色的影子。那巨大的云彩,加之其紫藤色的阴影,让人不由得感到一股难以名状的怅然哀伤。

我位于村庄中一片最广阔的平地的边缘。在村中可以望到大部分山脉和溪谷。目之所及,尽是起伏不断的山脉。风景绝不向重力屈从,光影的变幻让在山谷间的居民心潮澎湃。我每天都来到这片高于山谷的平地上,在日复一日的眺望中,我的心灵得到了放松。在我看来,在那终日的眺望里,饱含一种近似悲伤的思乡之情,就像是《荷马史诗》中食莲者生活的那个只有午后的国度。

在面向那片平地的山上种有一片果树林,云彩在山的上方缓慢飘动,杜鹃鸟不停地婉转啼鸣,山脚下的水车闪闪发光,看起来并未转动,晚春和煦的阳光普照山野,使人感到一股清幽的慵懒,我不禁觉得那云彩好像在悲伤地感慨着这份安逸。

我将视线移到了溪谷那边,半岛中心的山脉流出的两条溪流在我眼前汇合。两个山谷间耸立着楔形的山峦和屏风般的峻峰,有一条溪流回溯到上游,如日本和服的十二单衣层层交织。一座山峰的山顶上有一株高高的枯木,让山峰看起来更为巍峨。太阳每天从这溪谷上方划过，周而复始。有一天下午，时间还早，我看见山脉的一侧蒙上了一层死亡般的阴影。三月中旬时，遮天蔽日的杉树林中时常升起阵阵烟雾，好似着了火一般。其实那是在风和日丽，湿度与温度都恰到好处的时间里，从杉树林中飞舞起来的花粉，只不过那时已经过了授粉期。飞舞升腾的花粉把杉树林的上方染成了褐色。这时候，被雾气笼罩的榉木与橡树已经有了初夏的颜色，茂盛的新叶上已经看不到过去那若隐若现的淡影和梦幻的雾气了。唯有山谷间郁郁葱葱的米槠树还在发着芽，像是在上面撒上了一层明黄色的粉末。

我在风景里沉醉，两个溪谷之间有一座长着杉树的高山，流云从山中涌出，在湛蓝透亮的天空中闪烁着光芒。轻柔的云气不断弥散，渐渐以磅礴的姿态飞往天空深处。

一边是无尽的新云缓慢流动，另一边是升腾的烟气融入蓝色天空，这梦幻的景象勾起了我无法言说的深情。我试图参透这奇妙的变化，却最终迷失在这无尽的新生与消亡中。一种莫名其妙的恐惧渐渐扼住了我的喉咙，我的身体失重了，若是这种状态持续得再久一点，或许我会跌落至地狱。我好像一个被绑上烟花的纸人偶，全身失去了力量。

我被卷入那怪诞的情绪旋涡，逐渐忘记了云彩。但没过多长时间，我又被眼前不可思议的一幕所吸引。原来，不断涌现的云彩并不是在直线上升，而是飘到了更远的地方，在那里我才能看到隐隐约约的形状转瞬间幻化了的巨大的云雾。

我想到了一件不可思议的事，或许，天空之中有着看不见的山脉？就在那时，忽然有一段回忆掠过我的心头。那是发生在村中的一件暗夜之中的事情。

那天晚上，我走在昏暗的街道上，在一片黑暗中，只有一户人家的窗户里亮着灯，那灯光刚好透过窗户映出了户外的风景。我突然在灯光中看见了一个人影，恐怕他和我一样，是没带灯笼就出来散步的村民吧。我当时并不感到奇怪。然而，他却渐渐消失在了黑暗的深处，随着背后的光越发黯淡，他失去了踪影，只剩一个若有若无的幻影和一片黑暗。我望着这片黑暗开始不由自主地想象——突然，我的想象断掉了，随之而来的是恐惧，我切身体会到了在黑暗之中"不知身在何处"的战栗。我想象着自己与他一样，用一种令人绝望的方式慢慢消失不见，我至今仍清晰地记得那份难以言说的恐惧与激情。

那份记忆从心底浮现的时候，我突然领悟到，原来，在云海翻涌又消逝不见的天空中，既没有隐匿的山，也没有不可思议的海峡，只有一片虚无。我看到了充斥在白昼中的晦暗，感受到了巨大的不幸。我的眼睛昏花了一下。在这个蔚蓝天空中飘浮着轻烟的季节里，我唯一感受到的只有那若隐若现的晦暗。

泥泞

一

这事发生在过去的某一天。

等了很久,终于收到家里寄来的汇票,我决定去本乡一趟,把它兑换成现金。

我独自住在郊外,当时刚刚下完雪,我觉得化雪天十分恼人,但是我等这笔钱很久了,最后还是决定出门。

过去一段时间,我全身心地投入写作,但以失败告终,这场失败给我的生活带来了一些不良影响。我总想调节一下自己的心情,但是由于囊中羞涩,想外出也寸步难行。后来家里给我寄了汇票,由于一些疏忽,汇票又被退回去了,这让我更加怏怏不乐,等了大约四天,才终于又收到了汇票。

距离我放弃笔耕已经一周有余了,我的生活天翻地覆,失去了平衡。正如刚才所说,这次的失败让我像是染上了某种病症。有时,我脑海中浮现出各种灵感,但当我想将它们记录下来时,却怎么都想不起来了。我对写作产生了动摇,就连反复阅读,不断修改一事也难以进行。我不知道该怎么办,我觉得或许不该继续费脑筋,但当时我沉迷其中,也无法停笔。

放弃写作后果然状态不好。我变得浑浑噩噩,但不同于平素经历过的消沉。有时候,花瓶中鲜花枯萎,清水变质,我虽心中难忍,但最后却什么都没有做。每当看到它,我就愈发不快,奈何却总是没有动力去收拾。与其说是懒惰,倒不如说我中了邪,我清楚地嗅到了自己身上散发的颓废。

即便是开始着手做些什么,中途也一定会茫然失神。就算我回过神来继续工作,可没过多久又会再一次失神,我对这些事情的态度已经变得含糊不清。无论我做什么,都会这样半途而废,无疾而终。我的独居生活也开始出现了半途而废的一面。就这样,我像是陷入一片沼泽中动弹不得。不仅如此,沼泽底部像是涌现出沼气一般——我的脑海中时常会出现令人厌恶的幻想,比如我想象自己会众叛亲离。

恰逢那时火灾频发。我习惯一个人去附近的山野散步。那天,我走到了一户正在装修的人家,地上到处散落着木屑,当时我没想太多,随手把烟头扔在地上,后来我才想到这下可危险了,不免担心了很久,后来附近发生了两次火灾,每次我都担心会有人来抓捕我。要是别人责问我说:"你在这附近散步了对吧?"或者说:"就是因为你扔的烟头才酿成大祸。"那我可真是丝毫没有辩驳的余地。除此以外,看到送电报的人奔跑的样子,我也会心生不安。这些念头让我变得不堪一击,我被这种愚不可及的幻想摧残得无法忍受。

我对任何事都提不起兴致,常常呆呆地望着镜子或是绘有蔷薇花的陶水壶出神,似乎是在休养心灵。的确,我在那里寻觅到了能使自己心灵得到放松的短暂瞬间。之前我在原野散步时有过这样一种体验,我能够微弱地感受到,每当发现风儿吹过草地时,自己内部似乎也有什么像小草一样轻轻摇曳着。虽然这种感觉十分微弱,但是我感到自己像小草一般被秋风吹拂,这太不可思议了。这种心情就像是酩酊大醉一般,在那之后,我的心变得舒畅了许多。

面对镜子与水壶,让我回想起了那种经历,如果能和那时一样换种心情该多好啊。然而我还是会常常望着眼前的东西陷入茫然。那精致小巧的水壶外部冰冷洁白,上面映有电灯的影子,对于百无聊赖的我来说,这只水壶拥有着不同寻常的魅力。凌晨两三点,我仍无睡意。

我在深夜里凝视镜子时会变得非常恐惧。镜中映出的面孔让我感到陌生;又或是因为双目疲劳,一直盯着镜子看下去,自己的脸便酷似日本伎乐中的形象,变得肿胀不已;再或者有时镜中的脸庞会消失不见,过了一会儿又突然出现,就像涂上药水后在火中显现字画的烤墨纸一般。还有的时候,镜中只映出了一只眼睛,而那只眼睛在好一段时间里都会盯着我看个不停。这种恐惧是由我自己造成的,又令我自己深陷其中。尽管我害怕看到镜子里的面孔,但我也被这种戏耍的心情深深吸引,就像追逐浪花的孩子一样。

我在看着镜子或望着水壶时,感到自己被带到了奇怪的地方,如今这种感觉却好像与消沉低落的情绪挂了钩。就算没有这种感受,我也常常一口气睡到晌午,其间会做许许多多的梦,整个下午我都会分不清梦境与现实,浑身疲惫不已。不知从何时起,在某些瞬间,我感觉自己身处的这个世界十分怪异。散步时我也会想,会不会有人见到我后脱口而出:"那家伙来了!"随即仓皇逃跑呢?每思及此我都感到惶惶不安。我还会想到,那低着头照看孩子的年轻女人看向我这边时,会不会突然露出妖怪般的面孔。

好在,等了很久的汇票终于到了,我沿着积雪的街道朝省际电车那边走去。

二

从御茶水到本乡这一路上,有三个人在雪地上滑倒了。抵达银行时,我已经相当疲惫了。木屐被雪水打湿后变得很沉重,我将它放在银行那烧得通红的暖炉上烘烤,等待工作人员叫我的名字。在我前面,有一个店铺的小伙计与我相向而坐,我不禁想到,那个小伙计或许正在看着我呢。我看着肮脏不堪的地板,眼神不由得狼狈起来。尽管我只是在跟自己较劲,但我还是因为自己幻想中那小伙计的视线而感到十分窘迫。我回忆起每每遇到这种尴尬时刻，自己往往会羞红了脸。估计，我的脸现在已经有点变红了吧。想着想着，我察觉到从自己脸颊传来的一股灼热感。

工作人员还没有叫到我的名字，真是太磨蹭了。我再一次走到工作人员面前，像是示威游行一样想要唤起他的注意。终于，我忍不住开口询问，没想到处理汇票的工作人员正在发呆。

换完钱，我朝着正门前方走去。有两个警察正扶着一个年轻女人，看样子她是不小心摔倒了。来来往往的人都驻足围观。我没停下脚步，走进了一家理发店。那家理发店的洗发池坏掉了，我说要洗头，店员就用肥皂沾水擦拭我的头发，又用毛巾擦干。我心想这可不是什么新派的做法，但没有开口说出自己的顾虑。我一想到肥皂残留在头发上，就有种难以忍受的不快。我开口一问，对方回答说烧水的洗发池坏了。我只好继续用湿漉漉的毛巾擦头发。付过钱后，我戴上帽子，用手一摸，头上果然还残留着肥皂沫。我发现我表达不满时不够明确，会被对方觉得好欺负，但我还是沉默地走了出去。我的心情好不容易出现好转，却遇到这事，真是越想越气。我到了朋友家，洗掉了残留的肥皂沫。然后，我们随意地聊了一会儿。

我发现自己说话时朋友心不在焉。我渐渐意识到，自己的话丝毫没有表达出内心的真实想法。我还觉得眼前的朋友和平时很不一样。他一定也察觉到了我变得有些古怪。我想他并不是不关心我，而是因为他自己也怕说出来不好。可是，我是不是有什么地方变得有些奇怪了？我不能开口问他这样的问题。比起听到他说"这么说来，是有些怪"，我更害怕的是一旦开口说自己有些古怪的话，就等于承认了自己变得不正常。一旦自己都承认了，那一切就完了，这正是让我感到害怕的，我脑子里盘旋着这些念头时，嘴里还说着毫不相干的话。

"可不要一直憋着，要常出来走走才好。"朋友把我送到玄关处，对我说了这么一句话。我想要回应他些什么，但还是一言不发地走了出去。当时我的心犹如服过了一场劳役。

城中又一次堆满了雪。我去了一趟旧书店。尽管有不少想买的书，但囊中羞涩，只得打消念头。走到第二家书店时，我后悔没有在第一家书店买书，走到第三家书店时，又后悔没在第二家书店买书……这一过程循环往复，我无可奈何了。我去邮局买了明信片，表达了对家人的谢意，对许久未联系的友人道了歉。伏案时怎么都写不出来的我此时却意外地下笔顺畅。

后来，我走进了另一家书店，本以为那是一家旧书店，走进去后发现店里尽是新书。原本店里一个人也没有，随后有一个人听到了我的脚步声从里面走出来。我买了一本最便宜的文艺杂志，因为如果不买点什么回去，只怕今夜又难熬了。或许是我夸大了那种"难熬"的感受。不过，就算有些夸大，我也无法从那一想法中抽离出去。于是我又走回了最早去的那一家旧书店，但由于太过小气了，我怎么也下不了手。突然，纷纷扬扬的雪花从天而降，刚才那家书店的伙计正在收拾店外的摊位，我走过去，下定决心要买下那本我已经询问过价格的旧杂志。没想到绕了这么久，却要在第一家店买第一本询问过价格的书，真是愚不可及。旁边的一个人扔了个雪球，于是那家书店的小伙计就将注意力转到那边去了。我在印象中的角落没有找到那本想买的书，难道是我走错了店？于是我不安地向小伙计打听。

"你落了什么东西吗？我们这没有看到哦。"说着，小伙计又心不在焉地去忙了。我怎么找也找不到那本杂志。我也对自己感到无奈了。后来，我买了一双袜子就急匆匆赶去御茶水了。当时已经入夜了。

我在御茶水站买了月票，坐在电车里盘算着车费，我打算今后每天都去学校。我算了好几遍，最后得出结论，买月票和按单次买票花的钱是一样多的。我中途在有乐町站下了车，去银座买了些砂糖、面包和黄油之类的东西。行人很少，只有三四个商店的店员在打雪仗。雪球似乎很硬，他们看起来有些吃痛。我莫名其妙地有些不高兴，可能是因为太累了。今天实在太过失策，花十日元买一个八日元的面包，我有些逆反的情绪。拿着找的零钱，我不断以这样的方式来表达自己的逆反情绪。要是我询问的商品已经没有了，我就会立刻火冒三丈。

后来，我走进一家名叫"狮子"的餐馆用餐，喝了一杯啤酒暖身子。我看见酒保在调制鸡尾酒，把各种酒倒入一个容器中，盖上盖子后摇晃。起初是酒保在摇酒,但到后来,看起来竟像是那容器控制着人的摇动。随后,他将酒倒入玻璃杯中,在上面装饰了水果,这样准确又敏捷的过程让人大饱眼福。

"你们就像是几个并排的阿拉伯军人似的。"

"可不嘛,就像在庆祝巴格达的节日。"

"当务之急是要减掉大肚腩啊。"

我注视着摆成一排的洋酒瓶子,意识到自己有些喝醉了。

三

离开狮子餐馆,我去中国商店买了一块肥皂。不知何时起,那股不舒坦的感觉再一次袭来。买完肥皂,我开始觉得有哪里不太对劲。我不知道自己到底是不是真的想要买下它,我的心像是悬在半空中似的,很没底。

"瞧你做事就像是还没睡醒似的。"

过去,每当我做事疏忽,母亲总会这么说我。没想到,这句话竟然与我现在的处境十分切合。那块肥皂对我来说已经贵得超出合理范围了。我想起了母亲。

"奎吉啊……奎吉!"我试着呼唤自己的名字,脑海里清楚地浮现出母亲的满面愁容。

大约在三年前,有一天夜里,我喝醉了酒回到家中。当时我已经完全醉得不省人事，是朋友把我送回了家。据那个朋友说，我醉得特别厉害，以至于后来每当我想到母亲当时的心情，都会觉得很沉重。后来，那位朋友提起母亲当时斥责我的话，他还模仿我母亲的语气用那句话责问了我。他学母亲的声音简直学得惟妙惟肖。光是那一句话就足以令我甘拜下风。朋友把当时的情形再现给我时，那语气竟有让我为之动容的力量。

模仿这东西真是太奇妙了，这次由我来模仿母亲的语气。母亲是与我最亲近的人，她的语气却是我从别人那里学来的。我在那之后没有继续说出那句话，只是一个劲儿地呼唤着"奎吉"，渐渐地竟然能够生动地重现那时母亲的心情。不管什么方式，都不如开口呼唤一声"奎吉"更为直接。我眼前不禁浮现出了母亲的脸庞，像是在苛责我，又像是在鼓励我。

天空放晴，月亮出来了。从尾张町到有乐町这一路上，我反复地喊着"奎吉"。

后来，我感到有些毛骨悚然。不知不觉间，"奎吉"的叫声唤来的不再是母亲的面容，而是其他东西。原来我把掌管人间不吉之事的神灵给唤来了。我听到了自己不想听到的声音……

从有乐町到家附近的车站还要走相当长的时间，我在十分钟前就已经下车了。深夜，我独自一人精疲力竭地走过山路，耳畔奇怪地传来了和服外褂撕裂的声音。山路中，带有反射镜的照明灯将道路照得亮堂堂的。我背对着灯光，影子拖得又细又长。我把双手藏在披风下面,抱着买来的东西,所以在两侧街灯的交相照映下,我的影子看起来有些许鼓胀。有时影子会从后面赶来,出现在我身前,有时影子会变得长长的,头部的影子甚至会落在人家的窗户上。就在我的视线追赶着自己变化多端的影子时,突然发现眼前有一个影子一动也不动。那是一个低低矮矮的影子,一远离街灯就会变得分外清晰,当另外一边的街灯靠近时,它又隐匿了起来。"这是月亮的影子吧。"我如此想着,抬头一看,月亮非常圆,在我头顶斜上方高悬着,今天好像是阴历十六或十七。不知为什么,我唯独对那个小小的影子感到十分亲切。

离开宽敞的大路,我走到了一条街灯稀落的小道上。神秘的月光笼罩着积雪的风景,一片美好。这时,我发现自己的思想越来越清晰了。我的影子不断从左边移动到右边,但始终在我的前方,不再四处乱窜,却十分鲜活清晰。刚才我对影子怀有的亲切心情一下被困惑与怀念所取代。"这是怎么回事?发生了什么?"我一边想着,一边继续往前走。我望着自己影子的头部那顶有些变形的毡帽,还有纤细的脖子,以及有些僵硬的肩膀,渐渐迷失了。

影子里好像有一个生物。我这么一想,发现确实是这样——我眼中的影子,正是如假包换的我自己啊!

是我正在行走!我处于与月亮一般的位置俯视着自己的影

子。地面透明得犹如铺了一层玻璃，让我感到一阵轻微的眩晕。

"影子将会走去何处呢？"我有些不安。

路边的竹林前有一条小水沟，里面流着浴场排出的热水，升腾起阵阵水汽，犹如屏风一般立在眼前，那气味扑鼻而来——我找回了沉着的自己。浴场隔壁卖天妇罗的小店还没打烊。我独自一人回家，走上一条黑暗的小路。

悠闲的患者

一

　　吉田的肺出现问题了。天气才刚刚转冷,他就开始发高烧,剧烈地咳嗽,仿佛要把肺咳出来似的。整整持续了四五天,整个人都消瘦了一大圈。后来,渐渐也不再咳嗽了。但这并不是因为病好了,而是由于腹部的肌肉过度疲劳,没力气咳嗽了。吉田的心脏也变弱了许多,他一咳嗽起来,心脏就会悸动不已,要休息一段时间才能再一次恢复平静。也就是说,停止咳嗽是因为身体虚弱,证据就是这一次呼吸越来越困难,不得不多次维持浅浅的呼吸。

　　吉田以为这只是一场常见的流行性感冒,甚至认为"明天一早就会好转了",然而现实却与期待背道而驰,他也曾想过去看医生,但最后却总是拖延,继续忍受着身体的不适。他去看病时已经十分虚弱了,面颊变得相当瘦削,无法自由行动,身上似乎已经长了褥疮。有时,他几乎一整日都在不停发出"哎哟,哎哟"的声音,有时也会无力地说"害怕"。这些事情往往发生在夜里,不知从何而来的不安感让吉田原本就脆弱不已的神经更加难以承受。

　　吉田从来没有经历过这种事,他不明白这种不安感究竟源于何处。究竟是由于心脏出问题所致,还是生病时常见的现象,抑或是自己神经过敏导致的错觉?吉田努力硬撑着几乎动弹不得的身体,挺起胸膛呼吸。他想到,倘若此时有什么东西突然打破了这份平衡,后果可就不堪设想了。因此,此刻吉田的脑海中清晰地浮现出了地震火灾这种一生中难免会遭遇一两次的情景。而且,吉田想要维持这一状态,必须要保持高度紧张,持续用力。若是这犹如走钢丝一样的努力之中映射出了某种不安的影子,吉田将迫不得已坠入痛苦的深渊。然而,不管考虑到何种程度,吉田毕竟并不具备相关的知识,一旦真的发生了,他也只能坐以待毙。无论是揣测这一想法的原因,或是判断这一想法的正确与否,归根到底都是源于自己此时此刻内心不安的感受是不明就里的。然而吉田并没有就这样放弃思考,可他想得越多,他就越痛苦。

第二点让吉田苦恼的是,他觉得一定有办法应对这份不安感。比如让人带自己去看医生,或者安排谁整夜不睡地陪在自己身边。另一方面,吉田也清楚地了解,劳作了一天的人们这时候都准备睡觉了,怎么会有人愿意走半里多的田间小路带自己去看医生呢?而让年过六旬的母亲整夜不睡,陪在自己身边,他自己都开不了口。终于下定决心寻求帮助时,吉田思考着该如何让一向迟钝的母亲了解自己目前的情况呢?就算自己好不容易对母亲说出了口,万一平日里温吞的母亲觉得这没什么大碍怎么办?再者,要是自己想要委托的人拒绝帮自己怎么办?对于吉田来说,这些都是脑海里的幻想。可是,自己为什么会感到不安呢?换句更准确的话来说,那就是为什么会出现不安的感受呢?再这么下去,人们就都睡下了,到时候就真的没有人能带自己去医院了;母亲要是也入睡了,那么他只能自己度过寒冷的夜晚了;如果这期间这股难以名状的不安的想法变成了现实,此时的自己也束手无策啊——想到这些,他只好闭上双眼,除了考虑究竟是"忍受痛苦还是求助于人",他已经无暇顾及其他了。尽管吉田隐隐约约察觉到了这一点,但是他陷入了进退两难的境地,无法彻底舍弃内心的迷茫,这使得他的痛苦逐渐无法忍受。"与其这么痛苦,还不如干脆说出口。"吉田好像下定了最后的决心,那时候他的眼前似乎已经浮现出母亲的模样——她不知为何畏首畏尾地坐在自己的身边,慢吞吞到令人着急的模样。"明明就是从这儿到那儿这么近的距离,怎么就是不能让对方了解自己的想法呢?"吉田内心涌起一股火,他真想直接把自己的痛苦一把抓起,甩在母亲面前。

可是最后却只能化作"我不安啊,不安啊"这样柔弱无力而又充满依恋的倾诉。这么想想,说是对母亲的依恋,但其实就是吉田想要在深夜醒来时,有意吓对方一跳,让她注意到自己的动静,这样一来,才能从夜里无眠的孤独中摆脱出来。

"让我好好地睡上一觉。"这一想法,吉田不知道已经想过多少次了。若是吉田在夜里能安稳入睡，那不安也就算不上什么痛苦了，可无论白天还是黑夜，他的大脑似乎都没有将"睡眠"考虑在内。吉田只能一直硬撑着身体熬过日日夜夜，直到自己内心迎来平和的时刻。睡眠宛如阵雨后的淡淡日光，时有闪现却又迅速消失不见，似乎与自己从没有过交集。在吉田看来，辛苦照顾自己一天的母亲在休息时总能酣然入睡，她看起来很快乐，但也很薄情。睡眠是吉田如今必须要做的事，他只能不断为之努力。

有一天晚上发生了一件事。一只猫突然闯进了吉田的病房。因为这只猫平时就有爬到吉田的床上睡觉的习惯，所以，吉田此前就嚷嚷着把它赶出了病房，但是不知这只猫从哪里又钻进来了，像以前一样发出喵喵的叫声，吉田被不安与愤怒的念头冲昏了头脑。他想叫醒在隔壁睡着的母亲，但是母亲像是感染了流感一类的病症，两三天前就卧床不起了。吉田考虑到自己的病情，也考虑到了母亲的情况，提议找一个护士，但是母亲却说："自己忍忍就挨过去了。"对吉田而言，母亲的想法十分固执且令他倍感痛苦，但他还是作罢了。于是，在这种情况下，吉田心想，自己不能因为区区一只猫就把母亲叫醒啊。吉田又想之前自己就想过可能会发生猫跑进来这种事情，明明已经过于敏感地说起过这事了。但是由于吉田的敏感并没有被重视，他不禁感到满心的愤懑。可是，吉田转念想到怒气冲天一点好处也没有，而且自己现在一动也不能动，想要赶走那只毫不通晓人情的猫是一件特别需要耐心的事。

猫跑到吉田枕边，它像往常一样想从被子的缝隙钻到床中间去。吉田的脸颊感觉到那只猫的鼻子凉凉的，它的皮毛好像被窗外的霜打湿了。吉田动了动脑袋，堵上了被子留有的缝隙。紧接着，猫大胆地跳到枕头上，又不顾一切地想要把它的脑袋扎进其他的缝隙里去。吉田慢慢地将一只手举起来，按着猫的鼻尖推开它。他极力压抑自己的感情，用幅度不大的动作赶走这只可怕的动物。吉田想让不理解人类的猫陷入自我怀疑之中，从而放弃钻进被中。然而就在他认为自己终于成功时，那只猫竟换了一个方向，跑到被子上缩成一团舔起了自己的毛。它一跑到那里，吉田便毫无办法了，顷刻间，他的呼吸加重了。他思考着是该叫醒母亲还是再想别的办法，一直压抑的怒气开始喷薄而出。他并非不能强忍。只是他必须要考虑到，在他忍受这股怒火的期间是无法入睡了。而且究竟要忍到什么时候，完全取决于那只猫什么时候离开或取决于母亲什么时候能够醒来，想到这里，他感到无法忍受。他转念想到不如喊醒母亲，因为自己压抑着怒火，恐怕是要喊好几次才肯罢休，单单是这种心情就让吉田觉得疲惫不堪。

不一会儿，此前无法行动的吉田开始一点一点地坐起身来了。就在他终于一点点挪到地板上，猛地用力抓住那只在床上缩成一团的猫时，吉田的身体像海浪一样颤抖起来。然而，他此刻什么都做不了，只能冷不丁地将猫扔到了房间的角落里，嘟囔着"别再来捣乱了"。然后，他在病床上盘腿坐着，任由随之而来的那令人恐惧的呼吸困难发作。

二

吉田的痛苦渐渐变得可以忍受。他好像终于能够独自入睡了似的，两周以来令人痛苦不堪的记忆全都涌到脑海中来了。这段经历像是由一块块没有思想的凌乱岩石堆积起来的一片风景。然而，吉田回想起了在最难熬的那一段，也就是自己饱受咳嗽之苦时，脑海里浮现出的那一句不知所以的话——希尔卡尼亚的老虎。当时产生这念头是因为咳嗽时喉咙发出的声音，让他联想到了"我就是希尔卡尼亚的老虎啊"。但是，每当吉田止住咳嗽时，他总是会怀揣着难解的心情思考，究竟希尔卡尼亚的老虎是什么样子呢。吉田想，这一定是自己阅读睡前小说时出现的形象，但是他怎么也没有想起来是哪一本。吉田认为这大概是自己的"残影余像"。吉田因为咳嗽已经彻底精疲力竭，脑袋刚一靠在枕头上，又会引发轻微的咳嗽。他觉得咳嗽时不需要控制脑袋，便放任不管，但每次咳嗽都会带动头部摇晃，生成了许多"自己的残像"。

这两周的痛苦已经成为回忆。如今，即便同样无法入睡，吉田的内心也可以感受到追求快乐的心情了。

某天夜里,吉田凝视着烟草。他在床头火炉的边缘看到了装着烟丝的烟管。与其说是吉田无意间看到的,倒不如说是他逼着自己看向那边的,吉田有种说不出的轻松之感。吉田睡不着正是因为这快乐的心情,这是一种兴奋的心情状态。接着,吉田感觉到自己的双颊渐渐发烫,然而他绝不想换个方向睡觉。因为一旦如此,那种难得的犹如身处春夜般的心情就要变得像病恹恹的冬天。可无法入睡对于吉田来说也是一种痛苦。吉田好像曾经听人说,失眠的原因是患者自己要舍弃睡眠。从此以后,每当失眠时,他便开始思考自己是否毫无入睡的欲望,并且一整晚都会不停地就这个问题审视自己。然而吉田现在却不用这么做了,因为他已经有了答案。只是每次一到要将自己隐藏的欲望付诸实际行动时,吉田立马就否定了。吉田也知道,不管是抽烟也好,不抽烟也罢,哪怕仅仅是走向烟管,如今这种犹如身处春夜般的情绪都会瞬间烟消云散。一旦自己来上一支烟,那么这令人恐惧的咳嗽将会卷土重来。所以,当务之急是怎么才能趁着母亲——她若是因为别人的闪失而遭受苦难的话,会立刻发起火来——睡着的时候,抽一口她落在那里的烟……刚想到这儿,吉田又立刻否定了自己的这个想法。毕竟他可绝对不想如此不加遮掩地考虑这一欲望。因此,他就这样一直望着烟草的方向,感受着内心像是处于无眠春夜一般的悸动。

有一天，吉田又让母亲帮他把镜子拿过来，他看着镜子反射出庭院里肃杀的冬景。曾经出现在吉田视野中的南天竹的红色果实十分鲜艳。吉田在长期卧床中不停地思考，用望远镜去看镜子里反射的那片风景，不知道有没有用。后来他认为应该有用，于是便让母亲把望远镜拿来，叠加在镜子上一看，果然奏效。

有一天，吉田家庭院旁边的麻栎树上传来了鸟叫，许多候鸟飞来了。

"那究竟是什么动静啊？"

为了一探究竟，吉田的母亲走到了玻璃门那边，像是自言自语，又像是在询问吉田。可是已经习惯了因为小事大动肝火的吉田，想着"随她去吧"而故意默不作声。在吉田看来，出于这一想法而沉默不语并没错，然而若是碰到了心情不好的时候，自己的这份沉默就变得痛苦难忍了，"那句话到底是不是在问我，你以为我能看得到吗？"这样一句反驳就会变成争吵的开端，如果母亲否认自己，吉田一定会进一步攻击母亲说："不管你怎么解释，你只是不假思索地脱口而出，可你总是这样随口一说，却让我觉得自己有义务一定得拿起镜子和望远镜朝那里看不可，让我很难受。"那天早晨，由于吉田的心情很舒畅，他才能够沉默地听着。母亲并没有注意到吉田的那番想法，不一会儿又一次开口说道：

"这鸟怎么叫得有气无力的？"

"估计那群家伙是栗耳鸭吧。"

吉田回答道。因为他心里大致明白母亲之所以用那样的形容词，是因为她认准了那鸟是栗耳鸭。不久后母亲好像依旧没有察觉到吉田的心思，她说：

"这鸟的羽毛生得很密呢。"

比起发怒，母亲的想法让吉田感到滑稽。

"照这么说，看来是灰椋鸟吧。"

说完，他自己就乐不可支起来。

有一天，弟弟来看望吉田了。这个弟弟在家里排行最小，在大阪开了一家收音机售卖店。

直到几个月前，母亲一直住在弟弟家。五六年前，吉田的父亲打算让没读过书的小儿子做些合适的买卖，同时也想攒下些钱，维持老两口以后的生活，所以便购置了一间小吃店。由于吉田的弟弟打算经营自己的买卖，于是将老屋的半边改装成了一家收音机售卖店，吉田的母亲则负责照看另外半边的小吃店。小吃店所在的镇子位于大阪市南部，这一带在多年前是长满荒草的农村，如今渐渐建造了住宅、学校和医院。当地的百姓们修建的细长房屋在年复一年的改造中被取代了。吉田弟弟的小店在一条年代久远的路旁，这条路很繁华，周围的商铺很多。

大概在两年之前，在东京的吉田因为病情恶化回到了家里。第二年，父亲在家中去世了，一段时间后，入伍的弟弟也回家来了。弟弟安心经营着店里的生意，后来也娶妻成家了。以这件事为契机，照顾吉田、母亲和弟弟的事就落在了住在外面的吉田的哥哥身上。大概三个月之前，吉田的哥哥在距离城镇较远的农村找到了一幢适合病人休养的房子，因此几个人便搬去了那里。

吉田的弟弟在病房里，对母亲含糊不清地说着自己的家事，没过一会儿就回去了。母亲把弟弟送走，坐了下来。突然，母亲对吉田说："听说杂货店他们家的姑娘死了。"

"哦？"

吉田心想，这件事肯定是弟弟在正房对母亲说的。在弟弟眼里，自己是病人，听不得这种事情。想到这里，他就开口问道："有这事啊，为什么他要在那间屋子里说呢？"

"他是怕你受到惊吓吧。"

话虽如此，但母亲似乎并不怕吓到自己，所以吉田立刻反问母亲一句："那你就不怕？"此刻吉田的内心在不停地思考那个姑娘离世的事情。

很早之前，吉田就听人说起，杂货店老板的女儿得了肺病，卧床不起。从吉田的弟弟家出发，穿过一个路口后再往前数两三家有一个古色古香的铺子，便是那家杂货店。尽管吉田不止一次地听人说起那家的姑娘，但却毫无印象，不过，他倒是知道那家的老板娘，也就是姑娘的母亲，因为吉田常见她在附近走动。吉田觉得那位老板娘是个大好人，好到让人有些生气。因为吉田经常见她带着奇怪的笑容和附近的老板娘们聊天，结果却遭到戏弄。但其实是吉田多想了，那个老板娘有些耳聋，所以和别人说话时必须用手比画，而且她讲话时的声音是鼻塞般的闷声，所以听起来像是受了委屈。可她多少还是有点被人瞧不起，但正是因为有人愿意半开玩笑半认真地比画着手势跟她讲话，也有人愿意倾听她那闷闷的声音，她才放心地与周围的近邻和谐相处——当吉田了解更多事情后，他才懂得这种朴实简单的城镇生活真实的一面。

起先吉田对于那家杂货店的了解源于那位老板娘而不是她的女儿，大概自从那家姑娘的身体每况愈下时，大家就把吉田与那姑娘联系在一起了。听附近的人说，那家杂货店的老板非常吝啬，既不带自己的女儿去看病，也不给女儿买药，只有老板娘独自照料着女儿。姑娘在二楼养病，杂货店的老板和他的儿子、儿媳纷纷对姑娘说："离我远一点。"有一次吉田听说，那位姑娘每天吃完饭后还要吃五条鳉鱼，他发出"为什么还要吃那种东西"的感慨，并在心底对姑娘留下了深刻印象，但对于吉田来说，这不过是陌生人的事情罢了。

然而就在那件事之后不久，杂货店家的儿媳妇来吉田家里收账时，正在与家人闲聊的吉田听到了那边房间里传来的声音，那位儿媳说，自从姑娘吃了鳉鱼，身体就开始好转，所以杂货店的老板大约每隔十天就会去海边捕鱼。她还说："我们家的渔网已经用不上了,要不然你们把渔网拿去,也给你家的病人捕点鳉鱼试试看?"

听到这儿,吉田一时间狼狈不堪。他十分震惊,没想到自己的病竟然已经严重到了被人公开讨论的地步。可仔细想想这也不是没有道理,吉田认识到,平时他把自己的病情想象得太乐观了。吉田直到现在都清晰地记得那句"给你家的病人捕点鳉鱼试试",后来,当家里人笑着说起这件事时,吉田心里想果然家人也动了这个念头,于是他没好气地说了一句"那等鳉鱼再长大一些吧"。他想象着吃完鳉鱼离死亡越来越近的姑娘的形象,心里生出了不堪忍受的忧郁之情。后来吉田搬到了现在的村庄,就再也没有她的消息了。过了一段时间,吉田的母亲去了一趟弟弟家,母亲回来时,吉田突然从她口中听说,那个老板娘去世了。据说一天上午,老板娘从门口走到屋里长方形火盆那边时,突发脑溢血不治身亡了,这事情很简单明了,但是吉田的母亲却十分担心那位姑娘会因为丧母而更加虚弱。吉田的母亲还说,别看那家老板娘平时看起来不怎么样,但是她瞒着自己的丈夫,带女儿去看过医生,偷偷给女儿买药,真不愧是个当妈的。这些事情都是之前她向母亲倾诉苦水时说的。吉田对这番话感慨万千,一改往日对那位老板娘的印象。吉田的母亲又说起了从旁人那里听来的事:老板娘去世之后,杂货店老板负责照料起了自己的女儿,虽然不知道他做得什么样,但是杂货店老板曾对邻居们说:"我本以为我那死去的老伴没帮过什么忙,可现在一想到她每天要跑三十多次楼梯,我就佩服得不得了。"

以上这些就是吉田所知道的事情。他回忆起这些林林总总,又悲伤地想到姑娘香消玉殒时的落寞感,不知不觉间,吉田发现自己无所依靠,虽然自己处于明亮的病房,身边还有母亲陪伴,可不知为什么,他觉得自己独自一人坠入了深不可测的失落之中,无法从中脱身。

"我还真是被吓到了。"

过了一会儿,吉田终于还是对母亲说出了这句话。母亲回应说:

"可不是嘛。"

反过来,母亲用征求吉田理解的口吻说着这些话,可她似乎对这件事并没有什么很特殊的感受。母亲又说起了那位姑娘的种种事情,最后,母亲感叹道:"那个姑娘啊,真是为了母亲活着的——那老板娘走了还不到两个月,姑娘就去世了。"

三

吉田从姑娘的故事中回想起很多往事。第一件事情就是,他发现自己搬来不过短短几个月,却经常听到别人去世的消息。吉田的母亲每个月回去一两次,每次回来一定会带来这一类消息。

而且，那些人大多都是得了肺病而死的。并且，那些人从患病到离世，间隔的时间都非常短暂。一位老师家的女儿患病后短短半年时间就走了，如今那位老师的儿子又卧床不起了。大路边有一家毛线店，一直到前阵子，店老板整天都在店里操作着织毛线的机器，不料竟然猝死了，毛线店老板的家人火速关了店面回家乡去了，后来那里开了一家咖啡店。

于是，吉田不禁想到，自己在乡下生活，偶尔听到这样的消息会感觉很受触动，其实住在镇上时也一样，发生了不知多少件类似的事情，渐渐被人忘却。

吉田大概在两年前因为病情恶化，暂时告别了东京的学生生活，回到了那个镇上。这是吉田第一次有意识地观察人间。话虽如此，吉田总是闷在家里，那些所谓的知识大多是听家人说的。不过，就像是刚才说的那样，有人把鳟鱼当作治肺病的良药，推荐吉田服用，从这件事上，吉田也能够了解到世人对抗顽疾时的绝望。

在很早之前，吉田还是个学生的时候，有一次从学校放假回家，母亲问吉田，要不要尝一下人脑烧[1]，吉田从心底感到厌恶。听到母亲没用一种怪异的语气反而平淡地询问时，吉田在心里琢磨母亲究竟是不是在开玩笑。他多次望向母亲，心情十分复杂。

---

[1] 即黑烧，将动植物放在土罐里烧成黑色。江户时期由中国传入日本。

因为吉田此前一直坚信母亲不会轻易说出这种话，可母亲如今怎么将这话说出口的呢？他的心里升起一种微妙的不安。后来，母亲对吉田说，她已经从推荐人脑烧的人那里拿了一些过来，这时，吉田彻底心生厌恶。

据母亲说，介绍这东西的是一个卖菜的女人，母亲在和那个女人闲聊时，第一次了解到这种治疗肺病的特效药。卖菜的女人有个弟弟，得肺病去世了。那女人的弟弟在村里的火葬场火化时，一个和尚走了过来，口中说着：

"人脑烧是治疗这种病的秘方，你也是一位乐于助人的人，请把这人脑烧带回去吧，要是遇到痛苦的病患，就分给他们吧。"

母亲说，就是因为这样，她才从那个女人手里拿到了这药。吉田听了这番话，脑海里已经浮现出了当时火葬场的画面：女人的弟弟不治而死；姐姐站在火葬场边准备将弟弟火化，后来听信和尚的话，将烧剩的骸骨包起来，她一直随身携带着亲弟弟那烧焦的大脑，遇到与弟弟同病相怜的人就分发出去。女人的这份感情让吉田不由得感到一种说不出的难受。还有，母亲竟然把那东西带回来了，她明明也该知道就像那次的鳝鱼一样，吉田是不会吃这东西的，那母亲之后到底是怎么打算的呢？吉田反复地琢磨着母亲这莫名其妙的行为，这时候，在一旁听到这番话的吉田的弟弟也说：

"妈,下次别再说这种话了,实在怪瘆人的。"

就这样,不知怎的,这件滑稽的事收场了,后来,那东西就成了灰头麦鸡的腹中之物。

回到镇上没过多久,吉田又听说了一种和吃鳞鱼一样愚不可及的"上吊绳疗法"。吉田还了解到,推荐这个方子的是一位从事漆器行业的男人,他还向吉田讲述了绳子的来龙去脉。

原来,镇上有一个得了肺病、病入膏肓的鳏夫,他被遗弃在一栋破房子里,前不久上吊自杀了。那个鳏夫生前欠了很多钱,他死后,各个债主纷纷上门讨债,于是鳏夫的房东就把那群债主叫到一起,当场把那个鳏夫的家当都拍卖出去,这才解决了问题。不料,拍卖价格最高的就是鳏夫上吊用的绳子。买手们一个个地报价,最后房东不仅用那笔钱给鳏夫办了一个简单的葬礼,还从那笔钱中扣掉了鳏夫的房租。

尽管每次听完这样的故事,吉田都不禁认为这些迷信的人太愚昧了,但是仔细想想,人类的愚蠢程度其实都差不多。这么想来,抛去对他们愚蠢的判断后,这事情背后剩下的只有两样东西:一是那些人对于治疗肺病的绝望之情;二是病人们想要得到自己病情正在好转的暗示。

在前一年,吉田的母亲得重病住院时,吉田也跟着一起去了那家医院。那时,吉田在病房的食堂里心不在焉地用过餐后,正呆呆地眺望着窗户上倒映的风景,突然在他眼前出现了一张脸,

那女人刻意压低自己的声音,对吉田耳语道:

"你是来看心脏的吗?"

吉田吓了一跳,看向那个女人的脸,原来是一位女护工,当然了,像她们这样的护工队伍里,每天的成员都会有变化,那一阵子,护工们常汇集在食堂拿他人的缺点开玩笑。

吉田听到这话,没明白怎么回事,他看了对方的脸好一会儿,接着说道:"啊,原来是这么一回事。"吉田领悟到,就在自己眺向庭院那边之前咳嗽了几声,而那位护工误以为吉田是在咳嗽之后望向庭院那边的,所以她认定吉田一定是来"看心脏的"。吉田根据自己的经验也知道,咳嗽往往会意外加剧心悸的症状。吉田便告诉她并非如此,可那个女人却丝毫没把吉田的回应放在心上,反而用一种近似于逼迫般强有力的声音说:"我来告诉你一个治那个病的有效药方吧!"同时眼睛直直地凝视着吉田的脸。最令吉田感到不愉快的莫过于被别人看穿自己患了"那个病",但是,他还是决定坦诚地反问一句:"究竟是什么药啊?"

随后,那个女人又说了一句话,让吉田哑口无言。

她说:"就算我今天在这儿告诉你,你也在这个医院找不到。"

接着女人无比严肃地再三叮嘱,那味药就是将抓来的幼鼠放进没上釉的陶土罐子里烧焦,然后将其分成几份,分次少量服用，不用一只就能痊愈了。那个女人在说到"不用一只就能痊愈"时，用可怕的眼神一直瞪着吉田。吉田被震慑住了，然而一想到那个女人对自己的咳嗽如此敏感，而那个女人又是个护工，再联系到她说的药方，吉田心想，肯定是她的亲人得过这种病。吉田自从来了医院后，给他留下最深印象的就是那一群被称为护工的寂寞的女人们。吉田观察到，这些人有的是因生活需要，有的是与丈夫死别了，又或者上了年纪没有人赡养等，这是一群不知在何处被烙上不幸的人。吉田那时突然想到，说不定，这个女人也是因为有亲人得了这个病而离世，所以她才从事护工这一工作的吧。

因为生病的缘故，这是吉田偶尔直接接触世间唯一的机会，但是，他所接触到的人，全都是看穿了他肺病患者的身份而靠近他的。就在吉田住院一个月左右时，他突然又遇到了另外一件事情。

有一天，吉田去医院附近的市场购买病人所需的物品。当吉田在市场买完东西，正要回医院时，路上有一个女人目不转睛地盯着吉田的脸，向他走过来，

"喂，您好，打扰了……"

她向吉田搭讪道。吉田不知道发生了什么。

他回头看向那个女人，心想，她大概是认错人了吧，就像在这条路上发生的大多数给人留下好印象的事情一样，此时的吉田

也是怀着好意等待女人接下来要说的话。

"原谅我有些唐突，您的肺不太好吧？"

突然听到这话，吉田很是震惊。可是，对于吉田来说，这也不是什么稀罕事了，难免会有人问一些有失礼数的问题。那个女人专注地盯着吉田，她那副表情有种说不出的呆傻，吉田思忖着，真不知道在那一句话之后，她的口中又会蹦出什么惊人的话。

"的确是不太好，怎么……"

吉田话音刚落，那个女人突然说："那个病靠看医生、吃药都没用，说到底，要是没有虔诚的信仰，是怎么都好不了的。我的丈夫也是得那种病去世的，在那之后我自己的肺也出了问题，但是我怀着虔诚的信仰之心，最终得救了，所以您也一定要有信仰才能治好病。"她滔滔不绝地对吉田说道。在这期间，吉田将注意力都放在说话女人的脸上。但是在那个女人眼中，吉田的表情非常耐人寻味，她换着法子猜测吉田的看法，非常固执地继续讲下去。直到后来女人话锋一转，吉田才明白究竟是怎么一回事。女人说她经营着一家天理教的教会，在教会里可以畅所欲言，虔心祈祷，请吉田一定要去。她从衣服的袋子中间掏出一张称不上名片的寒酸纸片，上面印着教会地址，接着又开始劝说吉田。正好在那时，有一辆汽车驶过，嘟嘟地按响了喇叭。吉田早就注意到了那辆车，他也想快点跟女人结束这番攀谈，于是他就向道路的一旁走去,然而,那个女人却完全没有在意汽车的鸣笛声,反而为吉田的走神而焦虑着,她继续讲述,最终,汽车不得不在大路上停了下来。由于被女人盯上,吉田有些束手无策,他催促那个女人往路边靠,但是她却丝毫不为所动,急匆匆地说着刚才那一句"您一定要来教会啊",紧接着又说:"我现在就要回去了,请您务必跟我一起去看看。"然后,那女人又问吉田住在哪个镇,吉田含混不清地说:"大致在南边。"他想让对方明白自己不想回答她。然而,那个女人竟然不识趣,还不依不饶地进一步问道:"南边的哪个镇?是××,还是××呢?"吉田不得不将自己所住的町名、几丁目一一告诉了对方。吉田丝毫没有要对那个女人撒谎的意图,如实地说出了自己的住处。

"哦,二丁目的几号?"

女人一直用同一种语气刨根问底,吉田有些不耐烦了。吉田那时突然想到自己要是把话说到那个地步,说不定会惹来更多麻烦事。与此同时,那个固执的女人丝毫不留余地,令他感到难以喘息。于是,吉田漫不经心地回绝道:

"我只能告诉你这么多。"

说完,他把目光瞟向对方。女人一脸吃惊的样子,她看着吉田行色匆忙且表情凝重的模样,就说了一句:"一定要常来我们教会。"然后便朝着吉田刚才去过的那个市场走去了。吉田思忖,自己原本想无论如何也要在听完那个女人的话后温和地拒绝她，结果竟然不知不觉地被她一直追问到最后，想到自己刚才慌里慌张拒绝她的样子，吉田不禁觉得有几分可笑。上午的阳光照在街道上，他想到别人能轻松看出自己的病情，再到后来，一想自己的眼神竟然如此无精打采，他不禁有些生气，回到病房，他就问母亲：

"我的脸色有那么差吗？"

说着，他立即将镜子拿出来，一边看着镜中自己的脸，一边告诉母亲来龙去脉。然后，吉田的母亲说：

"可别以为只有你遇到这种事了。"

母亲解释说，她在前往市营的公立市场的路上也遇到了好几次这样的事情，吉田这才明白其中缘由。原来，那个教会正在竭力招募信徒，每天早晨，那个女人都会去市场或者医院等人群密集的地方撒网，面容有些憔悴的人都会成为她的目标。吉田在感到不可理喻的同时，还感受到这社会远远比自己所想象的更为现实，人们为了生活拼尽了全力。

吉田平日里常常会想到一个统计数字，那就是因肺结核致死的人的百分比。该统计数据显示，每一百个死亡的患者中，有九十多个是极度贫困者，而上流阶层的人在一百个人中甚至还占不到一个。毫无疑问，这并不仅仅意味着两个数字——由"因患肺结核致死的人"的统计而得出的极度贫困患者的死亡率与处于上流阶层患者的死亡率。极度贫困者也好，上流阶层者也罢，吉田也不知道他们具体的生活状况，但是这足以让吉田想象到以下一番情形。

即，如今有数不胜数的肺结核患者日益向死亡逼近。每一百个患者里，几乎没有人能接受最好的治疗，其中的九十多个人基本上连像样的药物都没吃到就匆匆离世了。

在这之前，吉田都是依据这一统计，对比自己的经历来抽象地思考。但是现在，每当他一想到杂货店家的姑娘，以及自己在这几周里承受的痛苦，他就不禁茫然——试想那九十多个人里面，一定是有男有女，也有老有少。其中，有人能够坚强地忍耐，也一定有不少人不堪忍受任何一种痛苦。然而，疾病这东西绝不像是学校的行军一般，能将体弱的人排除在外，不管是英勇豪迈还是体弱多病，大家都位列于同一支队伍之中，无论是否愿意，所有人都在向着那死亡的终点前行。

第二稿

腊月里的一个寒夜。

紧闭的门扉发出嘎吱声,令人毛骨悚然的风声愈发勾起母亲的不安。

那天,冬日太阳微弱的光芒从下午开始就消失了踪影。尽管并未下雪,但是在灰蒙蒙的积云下,瘦骨嶙峋的麻栎树与橡树在凛冽的北风中发出了凄厉的吼叫,让人无比抑郁。

那是入冬以来第一个寒冷的日子,连那位逆来顺受的母亲也感到愤怒。这毫无预警的寒冷让她十分生气。她知道天气是不会因为人的情绪而改变的。尽管如此,这股愤懑之情……(原文缺失)就在大概半个月前,他们一家才从住惯了的大阪搬到了东京高地的城镇,这里吹着干燥的风,寒霜也融化了。

由于丈夫沉迷女色、酒品不佳,失去了好不容易才得来的职位,他被调到东京的公司总部,被安排到一个没什么发展前景的岗位。他却说这都是因为同事的算计,并在她的面前大发脾气。她早就对一切放弃希望了,唯一让她觉得不舍的,是与自己的亲生父亲离别。

老人家无论如何都不肯和他们来东京,比起在人生地不熟的城市孤独地度过晚年，老人家宁愿在知己众多的大阪化为一抔黄土。而且，虔诚的信仰也帮了个忙，老人家住在一个远亲那边的一所寺庙里。在大阪车站的长廊上与年迈多病的父亲分别，是何等的落寞啊。

就在要出发时，丈夫却不见了，他没有在说好的时间到达车站。来送行的人们都面露难色，她与寂寞的老人都重重地叹了一口气。后来，醉醺醺的丈夫终于赶到了。一个胖胖的男人——那个中伤他的同事与他一道来了。那个男人也喝醉了，还带来了一个艺伎。老人在一片毫无意义的喧嚣中，给上小学三年级的清造和七岁的阿勉买了绘本。她与父亲都没有望向彼此。她知道，老人也因为自己放荡成性的丈夫痛苦不堪。

她早就对一切放弃希望了。自从她生下了长女洋子和长男敏雄，已经过了十多年。这期间她一直过着逆来顺受的生活。长女与长男夭折时，尽管她的心几乎破碎，但她还是挺过来了。她的贞洁、细心是与生俱来的，她是一个吃苦耐劳、意志坚强的家庭主妇。

后来出生的清造如今已经十岁了，接着是弟弟阿勉，如今七岁。哥哥争强好胜，但弟弟却更加聪明伶俐。她最期待的就是他们长大成人。

最让她感到痛心的莫过于阿勉体弱多病。离开大阪时，阿勉的白喉刚刚痊愈。到达东京后正好赶上化霜期，阿勉哭泣不止。

尽管她也开口斥责，但是心里还是忍不住痛苦。

虽然已经不抱希望，但是她仍对丈夫感到不满，或许她对寒冷的愤怒全都源于此，并借由严寒的痛苦而悄无声息地释放出来了吧。

第三稿

年号从"明治"改成"大正"的两三年前，腊月下旬的某一天。

那一天尤其寒冷，白昼一过，冬日微弱的阳光也藏匿起来了，连雪也不下了，但是在隐约的灰色云层之下，犹如削了骨一般的栎树与橡树在寒风中发出了凄厉的吼叫。

道路上的霜化了，行人在深深的泥泞上留下木屐的痕迹，转瞬又冻结成了冰。

他们走在东京高地附近住户区的道路上，这里平时行人就不多，随着冬夜的寒风越刮越凶，路上更是一个行人也不见了。

狂风使紧闭的雨窗发出嘎哒嘎哒的声响，那盘旋着飞向上空的狂风，片刻不停地发出令人毛骨悚然的尖厉声音。孩子们白天就出去了，到现在还没回来，母亲在家焦急地等待，简直生不如死。

她的两个孩子——十岁的三郎和七岁的四郎，那一天吃过午饭后跑到外面玩耍，到现在都还没回来。

那天太冷了，最小的四郎刚白喉痊愈，尽管她提醒他们要早点回家来，但是左等右等都不见人。

孩子出门后，她就收拾餐桌，然后开始制作孩子们正月里要穿的新衣服。到了吃下午茶的时候，他们还是没有回来。平时，两个孩子就算玩心再重，每到这个时间也一定会回来吃零食，还问上一句："今天吃什么？"可今天他们还没回家，她的心被不安撞击着。

由于丈夫工作调动，他们一家人从世代居住的大阪搬来了东京。他们在这里住了还不到一个月，擅长结交朋友的孩子们肯定比大人更熟悉东京。

可孩子们曾对母亲倾诉说，附近的孩子们轻蔑地叫他们"大阪佬"。

就是这样的两个孩子，在这个寒冷的日子里究竟去了哪里？在沉迷于什么游戏？她十分疑惑不解。

她的不安随着渐渐消失的白昼越来越深重，开始像一个沉重的石头压在她的心底。

每当过于担心时，她的腹部就会结成硬块，她一边感受着位于下腹部的不适，一边清洁灯具。由于风实在太过猛烈，她早早地关紧了窗户，并在窗户之间的槽中楔入钉子。之所以这么谨慎，是因为在这个寂寞的城市里居住，她不得不提防盗贼。

她从晦暗的家里走出来，向附近完全陌生的房子走去，她并没有什么线索，只是被不安所驱使着，为了不再让坏念头涌现，勉强出门问问看。她去了孩子们曾经提过的空地，也去了破落废弃的屋子，她更加不安了。回来时，那幽暗的家还弥漫着灯油刺鼻的味道，这个家让她突然感受到了恐怖与寒冷。

她在屋里昏昏沉沉、一筹莫展。六叠[1]榻榻米大的房间里，有一只没有被赶走的老鼠蹿到了餐桌旁。

狂风剧烈呼啸着，好像有树枝掉落在房顶上。

眼前的味噌过滤网和锅子被老鼠撞得咣当响，自来水管道也传出啪嗒啪嗒的滴水声。她想，在这种严寒的天气里，下水管里一准都结冰了，她又担忧孩子们受冻。

孩子们出门时既没有戴帽子，也没有戴围巾，更没有穿外套。

大病初愈的四郎被这大风一吹，好不容易痊愈的疾病可千万别卷土重来才好；如果他们是迷了路，年纪大些的三郎要跟路人说清楚这一带的位置才好，等等——此刻她的脑海中盘旋着各种想法。

她在隐秘的心底里稍稍触碰到了死亡的想法，马上又打消了这个念头。

她觉得两个孩子好像快回到家附近了，于是便走至门口，站

---

[1] 一"叠"的尺寸为180cm×90cm，约为1.62m²。

在寒冷的空气之中。

在狂风的呼啸声中,她听到有木屐踏在冻结的路面。那声音很微弱,但却触动了她敏锐的听觉。她立马就绷直了身子。火盆里,蒙在火苗上的一层白色灰烬散落了下来。

脚步声接近后,随之而来的是希望的落空。她的第二个心愿,希望那是丈夫的脚步声,但这一愿望也灰飞烟灭了。那清晰的回响渐渐归于微弱,强风吹过后,四周又陷入夜色的寂静中。

丈夫也比规定的时间回来得晚。只不过,行为不检点的丈夫鲜少在规定时间内回家,几乎不可能在正常的酒局小酌之后,就心满意足地回家。

她心想,不管怎样,还是要给丈夫的公司拨个电话,和他商量一下。

接着,她打算给品川一家名叫若木屋的旅馆打电话,她们一家在搬到这来以前,曾在那里借住过一阵子。她准备到住处附近的那一家贩卖酒类和食品的门庭若市的武藏屋去借一下电话。

外面愈发寒冷了。硕大的星星在云层之间闪耀着强烈而苍白的光芒。

她把头埋进粗制的围巾中,她想孩子可能去那家旅馆玩耍了,这种可能性或许有百分之一,或许有千分之一,她思考着,在冰冻的道路上加快了脚步。

她出门后五分钟,煤油灯发出一束细微的光,神秘地照向屋内;钟表上的数字盘显示着八点过十分。一个黑黢黢的影子匍匐爬过,大概是老鼠在猖獗作祟吧。

过了十分钟左右,房间已经不是先前的模样了。

有一个看似五十多岁、慈眉善目、已经谢顶的男人正坐在弥漫着酒气的房间中。他的双眼没有常见的光芒。那一双眸子里既不见思想,也没有智慧。那是一种说不出的空虚,失去了真实感的眼神。

在他的面前有一个敞开的纸箱。二合酒的瓶子横倒在一边。虽然酒瓶是空的,但是他面前的茶碗里却满满当当地倒有金黄色的液体。

煤油灯的光芒愈发强烈起来。煤油灯中烧过的灯芯右端隆起,灯筒被熏上一层黑烟。那燃烧的灯火犹如狂人那颗动乱的心,浑浊却又透着浓郁的红色。

那间房子里神秘的影子已经消失不见。一种极为凄凉的气氛像是酩酊大醉后的心脏突突地跳着。

他打了个喷嚏。接着,将身旁装着一升酒的酒壶拿了过来,酒壶有些重,他的手颤抖着将酒倒进了茶碗中。

(第二稿 1922年)

(第三稿 1923年)

冬天的苍蝇

所谓的冬天的苍蝇是什么?

是慢悠悠、步履蹒跚的,哪怕你将手指靠近,也不会逃走的苍蝇,是正当你思量着它或许不会飞时,最终却还是飞走了的苍蝇。它们究竟是在何处丢失了夏日时节那份桀骜不驯与令人憎恶的敏捷呢?如今它们周身颜色黯淡无光,双翅萎缩。原本装着脏器的圆滚腹部现在好似纸捻一般纤细。它们往往会以一种慵懒无力的样子趴在连我们都没有注意到的被子上。

从冬天到早春这段时间,人们肯定不止一次地见过那样的苍蝇,那就是冬天的苍蝇。现在,我想从冬天开始就栖居在我房内的苍蝇入手,写一篇小说。

一

冬天到了,我开始晒起日光浴。因为我所在的这家温泉旅馆位于山谷之间,常常处于荫翳之中。日上三竿时,山谷的风光都还笼罩在太阳的影子之中。到了十点左右,被溪流对面的山脉挡住的阳光才终于闪烁着照向我的窗户。我打开窗户抬头一瞧,山谷上空成群的牛虻与蜜蜂正急不可耐地交织飞舞。泛着光芒的白色蜘蛛丝拱起弧形,好几条一同低垂下来。(在那蜘蛛丝上面,有着小巧玲珑的仙女！是蜘蛛在丝上呢。看起来它们正是用这种方式从溪流的此岸渡往彼岸。）昆虫，昆虫。虽然时值初冬，但是它们的活动范围好像布满了天空。阳光将橡树的树梢染上了一抹色彩。紧接着，树梢之上，有着白色水蒸气一般的气体升腾起来。是霜融化了？是融化后的霜在蒸发？不，那也是昆虫，像微粒子似的羽虫正成群结队飞舞着。因为阳光洒向了那里。

我一边在敞开的窗户前半裸着身体晒太阳，一边眺望好像内海一般热闹的溪流的上空。过了一会儿，它们终于来了。最先抵达的地方是我房间的天花板。在背阴处步履蹒跚的它们爬到向阳处，像是复活了一样劲头十足。它们时而冷不丁地落到我的小腿上；时而抬起两只脚，一副像是要搔腋下之痒的模样；时而并拢双手摩擦，我正在琢磨它们要做什么时，它们就虚弱地飞起来，聚集在一起了。一看到它们这副样子，我就同情地理解到它们有多么享受阳光。总之，它们只在向阳处才会表现出嬉戏一般的状态。而且，它们一步也不想离开窗际明亮的向阳处。直到阳光消退之前，它们都在缓缓移动的向阳处戏耍。牛虻和蜜蜂充满活力地盘旋飞舞，却绝不飞到窗外去，好像是在模仿我这个病人。然而，那是一种可悲的生存意志啊！它们在阳光下没有忘记交尾。尽管它们可能距离死亡只有一步之遥了！

晒日光浴时，观察身边的昆虫们成了我每天的功课。我对它们怀有一丝微弱的好奇心和一种亲切的感情，所以我并没有杀死它们。而且，蜘蛛也没有像夏天时那样攻势凶猛地前来捕食苍蝇。因此，从没有外患这一点来看，可以说它们是安全的。只是，在它们之中，每天大约有两只会死掉。原因只有一个，就是因为牛奶瓶。喝过牛奶后，我会将空瓶子放置在向阳处。于是，每天像是定好了似的，准有几只家伙飞进去却没能飞出来。在瓶子内侧，力量弱小的它们拖拽着瓶身附着的牛奶向上爬，但却总是在中途就滑落下去。有时候，我会望向它们，当我暗自想着"这会儿该掉下去了"时，苍蝇也不再动，像是在说："哎呀，我就要掉下去了。"果不其然，它真的滑落下去了。看着这一幕的确有些残酷。可是，我倦怠的内心没有涌起想要帮它们一把的想法。它们就那样被女用人带走了。连提醒她盖好盖子这件事我也没能说出口。到了第二天，又有一只钻进去重蹈覆辙。

现在，诸君眼前一定浮现出了这样一幅画面——与苍蝇一同沐浴阳光的男人。既然写到了日光浴，那我再顺便写下另一个表象——这个晒着太阳，又憎恶太阳的男人。

现在是我在这里度过的第二个冬天。我并不是出于喜好而来到这山谷间的。我想快点回到城市去。尽管归心似箭，但这个冬天我仍然在这里。不管过多久，我的"疲劳"都不会放过我。每当我脑海浮现出城市的模样，我的"疲劳"就会描绘出充满绝望的大街小巷。这一点从未改变。于是，起初内心定好要回到城市去的日子变成了遥远的过去，如今已经无影无踪了。哪怕我在晒太阳，不，尤其当我在晒太阳时，我脑中只有对太阳的憎恶之情。大概最后不会让我活下去的太阳，竟然试图用令人陶醉的生命的幻象来欺骗我。噢，我的太阳。就像对待不堪的爱一般，我对太阳愤怒不已。明明好似羽衣一般的它，反倒如紧身衣一样束缚着我。我像疯子一样挣扎，将其撕裂，在试图将我扼杀的严寒中，我一心只想获得自由。

这种感情是晒太阳时身体所产生的生理性变化——血液流通渐渐加速，由此使得头脑愈发迟钝麻木——原因的确就存在于我所说的一系列变化之中。那柔和了锐利的痛楚、温暖了内心的惬意快感，同时也是一种沉重而苦涩的不快。这种不快通过日光浴后的一种无法名状的虚无的疲劳将我这个病人击垮。恐怕正是对那种不快的厌恶孕育出了我的这种憎恶之情。

然而，我的憎恶却不仅仅源于那一点，太阳对风景带来的效果——视觉上的效果——也是形成那种憎恶的原因。

我在城市度过的最后一段时光里——即将迎来冬至的时候——日光每天都会渐渐从窗边风景中消退，我内心对它有着无限的爱惜。我怀着如同墨汁翻涌般的感情，眺望着那将风景渐渐吞噬的萌翳。想要看见落日的不舍之情驱使着我在街上慌乱地徘徊。如今的我对它已经全然没有了那份爱惜。我并不是在否定阳光照耀下的风景所象征的幸福的感情，那种幸福如今伤害了我，所以我憎恶它。

在山谷对面，山腹被一片杉树林遮蔽着。我常常通过那片杉树林感受到太阳光线的伪装。白天有阳光的时候，只能看到那边一片杂乱无章、层层叠叠的杉树。可到了傍晚，天空的光芒就变成了反射光线，使得远处与近处的树影分得一清二楚。一棵又一棵树木展示出一副不容侵犯的威严形象，它们整齐地排列，安静地耸立着。我可以想象到，在那片白日里看不到的地带，到处生长着秀美的杉树。

在溪畔，栎树和米槠之间，长有一棵落叶树，它裸露的枝头垂悬着红色的果实。白天，那果实的颜色就好像蒙上了一层白色的粉末似的死气沉沉。可是在傍晚时分，那颜色便鲜艳清晰到让人无法转移视线。原本同一个事物就并非固定地只有一种色彩，因而我并非说它是一种欺骗。但是，直射光线会有偏移，会有一个事物的颜色破坏周遭色彩的和谐。不仅是这样，还有全反射现象，使背阴处与向阳处形成对比，变成一片灰暗。这是多么纷繁复杂啊。而所有这一切共同组成了在阳光照耀下的风景。其中，有感情的紧张松弛，有神经的迟钝麻木，还有理性的伪装和隐瞒。这便是其所象征的幸福。恐怕世界上的幸福都是以这些为前提条件的吧。

与以往正相反，使山谷渐渐归于冰冷与沉寂的傍晚——黄昏仅仅只能在世界上存在刹那的严格规则——成为我守望的对象。

在太阳渐渐离开地面后，是从天而降的反射光线使路面的积水闪烁着白色的光芒。纵使人们认为在那之中并无幸福，但那却有着洗濯我双眼、荡涤我心灵的风景。

"平平无奇的日光啊！趁早消失吧。不管你给予了风景多少爱，也不管你让冬天的苍蝇多么振奋，你休想愚弄我！我深深唾弃你的弟子——户外光线。下次见了医生，我会向他提出抗议。"

晒着太阳的同时，我的憎恶感也在逐渐累积。可这是一种多么可悲的生存意志啊！在日光下的它们永远无法抛弃快乐。在瓶中的它们也永远只能反复攀登、跌落，攀登、跌落。

太阳终于开始下沉，隐匿在高大的米槠树背后，直射光线开始转变为令人不悦的折射光线。它们的影子也好，我小腿的影子也好，都带有不可思议的鲜艳色彩。随后，我穿好和式棉袍，关上了玻璃窗。

到了下午，我决定读读书。它们又飞到这儿来了，纠缠着我正在读的书不放，我在翻书的时候常会把它们夹在书里。就算这样，它们依然逃得很慢。不仅如此，在纸张微不足道的重量下，它们竟然犹如被房梁压住了似的，仰面朝上挣扎着。我没有要将它们杀死的想法。而且，在那时候——尤其在吃饭的时候，它们迟缓的行动反而让我增添烦恼。当它们要逗留在食物上的时候，我的筷子就必须要更加缓慢地靠近它们，驱赶它们。如果不这么做，筷子前端必定会被它们给污染了，只能丢掉了。然而，就算我这么谨慎，它还是被筷子弹开来，落入汤中。

最后一次见到它们是在夜里，我躺在睡床上的时候。它们全都贴附在天花板上，一动不动，像是死了似的贴在上面。这让我产生一种想法——有气无力地在阳光下戏耍时的它们，其实是那些已经死去的苍蝇重新复生，来寻欢作乐。在死后几天，苍蝇们的内脏都已经干了，它们浑身沾满灰尘，时而还会翻滚，就是这样的它们再一次会复活成先前的模样。不，事实上当真有这回事吧，从它们的外表来看的话，这一番想象相当说得通。它们如今正一动不动地停留在天花板上，好像真的已经死了一样。

后来，我躺在床上望着它们，好像是错觉一般，深夜的寂寥之情缓缓流进我的心中。有些夜里，荒凉的冬日山谷中的那家旅馆，只有我一个住宿客人。所有的房间里都关上了灯，因此到了半夜，我不禁感觉自己仿佛住在一片废墟之中。在荒凉寂寞的幻想中，我的眼前浮现出这样一个清楚得有些惊悚的画面：深深的夜色中弥漫着海水的香气，在一个置于溪畔的浴缸中，澄净透明的热水满溢而出。这情景让我越发觉得这里就是一片废墟。——望着天花板上的它们，我的内心对着深夜发出如是感慨。我的心渐渐游走，行至深夜的内核。在那之中只有一个房间尚未入眠，那便是我的房间。房间内天花板上停留有它们的身影，就像已经死亡了似的一直停留着，这样的房间连同着孤独的感情一并让我回归清醒。

火盆的火势渐弱，濡湿了玻璃窗的氤氲热气也渐渐从上方开始消失。我看到它们排列成了犹如鱼卵一般的忧郁的纹样。第一年冬天，水蒸气也是这样渐渐消失，不知不觉间留下了那样的纹路。在壁龛的角落有好几个蒙上尘的药瓶，里面空荡荡的。倦怠、守旧。恐怕我的忧郁传染给了那些停留在我房间里的冬蝇。究竟什么时候这一切才能结束呢？

由于心绪被这样的事情牵绊着，我总是失眠。一旦睡不着，我就会想起军舰下水典礼的画面。然后，我又会想到《小仓百人一首》中每一首和歌，思考其中的意味。

最后，我会幻想所有我能想到的残忍的自杀方法，利用这一切重叠的想法引导自己陷入睡眠。

这是旅馆中空荡荡的一间房间，天花板上贴附着如同死去的苍蝇的房间。

二

有一天，天气晴朗而温暖。下午，去村里的邮局寄信，我十分疲惫。下了山谷后，要走三四百米才能回到我的住处，让人觉得麻烦。那时恰有一辆公交车通过。一见到它，我便下意识地挥了挥手。接着，我就上车了。

这辆车一看就是通往村庄的车。灰暗的车厢中，乘客们的目光全都不约而同地望向前方；用麻绳捆绑在车上的行李一直堆到了挡泥板，甚至是车门台阶处——通过那些特征，一眼就能看出它即将行驶十一公里上坡路、十一公里下坡路，然后前行四十多公里。到达半岛南端我乘坐的就是这么一辆车。然而，我是一个多么格格不入的乘客啊。因为我不过是一个才走到村中的邮局就精疲力竭的人罢了。

日已西沉。我的内心空荡荡的。可是我的疲劳感却随着汽车的摇晃渐行渐远。村里的人背着竹筐下山来的时候，好几张熟悉的面孔都对公交车视而不见。那时候，我逐渐对"有意识的行走"饶有兴趣。后来，我的疲劳又渐渐转变成其他的奇怪的东西。又过了一会儿，我就再没有遇到那个村里的人了。公交车环行在自然森林中。落日露出了身影。山谷的声音渐行渐远。古老的杉树像柱廊般绵延不断。山上清凉的气息沁人心脾。这辆车就像是魔女骑着的扫帚一般载着我向高远的天空驶去。究竟是要带我到哪里去呢？出了关卡的隧道，就到了半岛的南面。无论是要回到住处，还是走到下一个温泉都有一段十一公里的下坡路。我最终还是下了车，趁着薄雾下山。为何如此？我的疲劳知晓原因。我怀着愉悦的心情，把不中用的自己遗弃到荒无人烟的山里。

有好几次，松鸦紧贴着身边飞过，让我大惊失色。道路绕着昏暗的山谷蜿蜒曲折，不论走到哪儿都无法展望前路。就这样，天色暗了，我的心里充满不安。飞来了几只松鸦，它们靠近了我，用庞大的身影恫吓我，又拂过光秃秃的山毛榉或者枹栎树的枝头飞走了。

我终于看到了山谷的身影。杉树郁郁葱葱，简直像细胞一样生长在遥远山谷。在远方的雾霭中悬挂着细小的飞瀑，连声音都听不到，水流仿佛也静止了。令人目眩的山谷底部，匍匐着用粗壮的树木搭成的栈道，寒气逼人。太阳西沉到了对面的山脊处。如今，犹如水面一样的平静笼罩着整个山谷。一切都静止了，听不到任何声音。那份安静让原本就令人觉得犹如梦境一般的山谷风景，给人一种更加虚幻的感觉。

"就这么一直坐在这里，直到日暮，是一种多么奢侈的不安感。"我心想，"旅馆那边还毫不知情地准备着我的晚饭，等我回去，而我还不知道今晚该怎么办。"

我回想起被我丢弃的寂寞的房间。在那里，每到晚餐的时候，我一定会因为发烧而痛苦。我穿着和服躺在床上，尽管如此，却还是很冷。我因为严寒而发抖，同时脑海中多次想到了浴缸。"要是能进去泡一下该多舒服啊。"于是，我不由自主地幻想自己下了台阶朝着浴缸的方向走去。可是在这一想象中，我是绝对不会脱掉衣服的，所以我穿着衣服泡在浴缸里。后来我的身体便失去支撑，挣扎着下沉，最终沉到浴缸底部，如尸体一般横陈着。我总是会想象到这样的情形。然后，我便在床上等待着犹如潮水一般的严寒渐渐退去。

周遭逐渐暗了下来。日落后，干净的天空中残留有清水似的光芒，闪烁的星星也出来了。在我冻僵的手指之间，烟草的火光给傍晚的昏暗添上了一抹色彩。那火光的颜色在空旷的四周显得尤为孤独。如果没有这一点火光的话，整个山谷将陷入一片毫无光亮的黄昏之中。寒气渐渐侵袭了我的身体。就连平时不会透风进来的身体内部，如今都钻进了冷气，我甚至把双手插进口袋里，却仍然无济于事。然而，我感受到黑暗与寒冷慢慢赋予了我勇气。不知何时起，我计划着要走到距离这里还有十一公里的温泉那儿去。一种紧逼而来的、好似绝望的感情勾起了我内心深处残酷的欲望。疲劳感以及倦怠感一旦变成那种欲望的话，那我最终只会成为它的牺牲品。暮色四合，在我终于站起来的时候，我用一种完全不同于有光亮时的感情，将自己伪装了起来。

我在山谷凛冽的空气中，突破黑暗迈出了脚步。身体却没有丝毫变暖。有时候，我还能够感受到空气在轻抚我的脸颊。一开始，我以为是我的身体发热了，又或者是在极度寒冷之中，我的身体出现了异常现象。可走着走着，我慢慢明白了，那大概是白天太阳的余热还星星点点地残留在路上的原因。不久后，我开始幻想自己在冰冷的黑暗之中看到了白天的阳光。一点灯火都看不到的黑暗也让我觉得有些怪异。点亮灯光这件事情让我充分地相信，文明世界的我们是在灯光之下才开始理解黑夜的。即便是在纯黑的阴影之中，我都认为它与白昼并无两样。星光闪耀的天空一片纯蓝。此时认路的方式和白天里的方法完全一样。散落在路上的白日里的余温更加深了我的这一想法。

突然之间，我的身后好像传来了风声。在忽然流动的光线中，路上的小石头投射出牙齿状的影子。一辆汽车驶来，丝毫没有注意到我正在躲避它，就那么与我擦肩而过了。我愣了好一段时间。过了一阵子，在山谷对面的道路上出现了汽车的影子。然而，与其说那是汽车在行驶，倒不如说更像是黑暗开着灯，正一点一点向前涌去。当汽车梦一般地消失后，四周再次被寒冷的黑暗裹挟，空腹的我内心洋溢着灰暗的热情踏上了路途。

"多么苦涩而绝望的风景啊。我信步走到了自己命运的中间。这是我内心原本的模样，我在这里感受不到一丝在阳光下的伪装与欺瞒。我的神经向黑暗的前方延伸，感受到自己毅然决然的意志。这真是令人舒畅的感觉。这是注定的黑暗，撕裂肌肤的酷寒。唯有在这里，我的疲劳才能感受到紧张而新鲜的战栗。走吧。走吧。走到精疲力竭为止。"

我用一种残酷的方式鞭笞着自己。走吧。走吧。走到生命终结。

那一天深夜，我站在半岛的南部，码头停泊着船只。我喝了酒，完全没有喝醉，心情依旧低落。

沥青和油的味道，混杂着海浪的浓郁潮湿气息笼罩在那一带。缆绳发出的声音，像是船只沉睡的呓语，仿佛是为了让它熟睡，幽暗的水面传来平静的水波轻轻拍打船舷的声音。

"××先生在不在？"

从刚才起，就有一个女子在岸边这样喊着，她娇媚的声音打破了安静的空气。一艘承载百吨货物的汽船昏昏欲睡般亮着昏暗的灯光，从船尾处传来了模糊的回答声。那里有一辆笨重的巴士。

"××先生，不在那里吗？"

我想，女人应该是向停泊在这个码头的男人们出卖色相的。我侧耳倾听着那辆巴士上传来的声音，但只是相同的沉闷回应，女人最终放弃，离开了港口。

我站在安详入睡的港口前方，回想起了经历丰富的那一夜。我本认为自己早就走了十一公里，但走了很久却还是在山路中。起初，我看见了山谷中的发电所，又走了一会儿，看到有两三盏灯笼在静谧的夜色中私语。我想那大概是村里人为了去温泉而点亮的灯笼，温泉一定就在附近了，想到这里，我打起精神，但我的猜测却是错误的。终于抵达温泉的时候，我与村民一起将又冷又疲惫的四肢浸泡在温泉水中，心底产生一种异样的安逸——那一晚的经历实在过于丰富，用"回想"这个词真是十分贴切。但是故事到这里还没结束。

吃饱饭后，心灵也得到休息，可内心尚未得到满足的残酷欲望竟对我发出命令，让我再一次踏上夜路。我惶惶不安，只能朝着下一个温泉走去，距离这里还有八公里，温泉的名字也是我第一次听说。我最终还是在路上迷失了方向，不知道该怎么办，只好在黑暗之中蹲下来。这时，有一辆夜车通过，我叫停了它，改变计划来到了这个位于港口的城镇。接下来我该去哪儿呢？我似乎对于这种地方有一种嗅觉能力，河岸边娼妇的房子鳞次栉比。那边汇集有好几个好像裹着水草一般的船夫，他们一边调戏着化了妆的女人们，一边晃悠悠地走着。在同一条路上，我走了两回，最终还是走进了最后一家。温热的酒进入我疲惫的身体，可我没有醉。来斟酒的女人说起了秋刀渔船的故事。这个女人有着和船员一样的胆识和健康。其中一个人劝我狎妓。我掏了钱，问了港口的位置后就走了。

我眺望着邻近的大海中旋转灯塔上明灭闪烁的灯光，感觉这漫长的画卷一般的黑夜即将结束。海浪冲击船舷的声音，缆绳绷紧的声音，只有熟睡时才会亮起的船上的灯，所有的一切都灰暗且静谧，却引诱我内心发出温柔的感伤。现在是该去找一个住处，还是回到刚才那个女人那里呢，无论如何，我充满憎恶感的焦躁内心都在这个码头恢复了平静。我在那里站了很久。

冬天的苍蝇

我望向平静而幽暗的海水，直到产生了令人不悦的睡意。

以港口为中心，我在附近的温泉旅馆又待了三天才回去。明亮的南部海水的色泽与气味，对于我来说还是有一些粗犷野蛮。另外，卑劣又略带肮脏的平原景色很快也让我产生了疲倦感。我所在的村中的山谷间的景色不能让我心灵得到休憩，也不会有安逸的展望，不知从何时起，村里的风景却在我的脑海中挥之不去。三天之后，为了再一次封锁自己的内心，我回到了居住的村庄。

三

连续几日，我的身体都不舒服，只能卧床不起。我并没有什么后悔的事，但是，我认识的人们要是听说我的情况，想必都会心情不佳吧。

某一天，我突然发现自己房间里竟然一只苍蝇都没有了。这让我特别震惊。我思忖着，恐怕是在我出门的日子里，没人帮我打开窗户、点起炉火，让房子暖起来，这才使得它们终于不敌严寒而全都死了吧。我认为这个想法说得通。我平静生活中的一点恩泽是它们赖以生存的条件。就在我从自己忧郁的房间逃离出去时，就在我责怪着自身时，它们确确实实地因饥寒交迫而死了。有一段时间，我都对这事感到忧郁。并不是因为我自责是我造成了它们的死亡,而是我察觉到,有些条件是既能让我赖以生存又能置我于死地的。我好像看到了它宽阔的后背。这是崭新的,同时也是伤害我自尊心的一种幻想。我认为这种幻想给我的生活带来了日益增多的忧郁。

冬日

一

即将要到冬至了。透过尧家的窗户，可以看到几户地基较低的人家，矗立在那些庭院和门口的树木正在日复一日地掉落树叶。

乌蔹莓长得犹如老太婆的蓬头乱发；被寒霜点缀的樱花树上的最后一片叶子也凋落了；山毛榉的枝干每随风摇曳一下，人们便得以看到隐匿在树后的部分风景。

连清晨的伯劳鸟都不来了。有一天，数百只浅色的灰椋鸟纷纷落在如屏风一样的橡树枝头，从那一刻起，霜也渐渐变得锐利了。

一到冬天，尧的肺便疼了起来。树叶飘落在几户人家共用的水井里，尧去水井旁的灰浆墙那边洗脸时，他吐出的痰从以往的黄绿色变成了略带血色，醒目到令人震惊。尧租的二楼房间有四叠榻榻米那么大，他起床的时候，主妇早已结束了清晨的盥洗，灰浆墙面已经干了。他泼了水，还是冲不掉地面上的痰。所以，尧只得像捏着金鱼幼仔一样将它扔到了下水道口。即使看到血色的痰，他也不再受刺激了。然而，不知为何，他却紧紧盯着清冷空气中那一抹鲜艳的色彩。

尧在这时几乎感受不到对活着的热忱意志。日子一天接一天地拖拽着他走。他很焦虑,那感觉就好像灵魂住进了一个不该住的躯体里,故而常常想要逃到外界去一样。——白天的时候,他推开房间里的窗户,像是盲人一样凝视户外的风景。到了夜里,则像是聋人一样听着房间外面的杂物响声和暖瓶发出的声音。

临近冬至,十一月的阳光很是脆弱,但是每天在他起床后还不到一个小时,窗外的阳光就渐渐消失了。阴暗笼罩着的低地上,连他所住的房子投下的影子都看不到。见此情形,像墨汁一般的悔恨和焦虑渐渐占据尧的心扉。阳光在与低地相隔不远的地方,停留在灰色的西洋风格木质房屋那里,此时,能够眺望到远处的太阳正在悲伤地坠入地平线。

冬天的阳光还照射到了邮箱之中。路面上,无论多么小的石头都带着影子,看到它们,尧的心头浮现出像埃及金字塔那般巨大的悲伤。隔着低地的那个西洋建筑上,在那时候倒映出了一排梧桐树的影子,有如幽灵一般。尧像是有向阳性的豆芽一样,不知不觉间将惨白的手伸向那栋木质的房屋,他想要抚摸渗入其中的影子留下的痕迹。每天,他抱着一颗空虚的心待在窗边看着,直到影子消失不见。

一片橡树林位于眼中风景的北边一角,某一天,那片树林像弹簧一样舞动,随风摇摆着。已经变换模样的低地上,响起了枯枝败叶起舞的声音。

那时，梧桐的影子看起来就要消失殆尽了。那里已经不再有阳光了，却还残留着宛如幻觉的树影。而且，在寒风的吹拂下，影子朝着像是沙漠一样的地方渐渐消失，那里离阴影生存的世界很远。

尧看到影子不见了，便怀揣着一种绝望般的心情锁上了窗户。耳畔拂过夜里呼啸而来的寒风声，有时候，甚至还能听到连电都通不到的远方传来玻璃窗碎裂坠落的声音。

二

尧收到了母亲寄来的信。

> 自从延子离世后，你的父亲好像一夜间老了许多。你的身体也不好，一定要多多保重。我们已经不想再承受更多的痛苦辛酸了。
>
> 午夜的时候，我突然惊醒了。心中一直惦记着你。这种牵挂止也止不住。我常常辗转反侧好几个小时。

尧读完信，内心凄然。跨越了众人都酣然入睡的静谧夜晚，他与母亲分别为彼此担心牵挂。那时，他的心脏不祥地搏动着，为什么母亲会彻夜不眠呢？

尧的弟弟因为结核性脊髓炎死去了。后来,妹妹延子也因为这个病而失去意识,最终离世了。当时,大家就好像一群虫子围绕在一只死去的虫子周围,悲伤而痛苦。而且,他们两个人在去世前的一年里都卧床不起,最后是被人从白色的石膏床上抬走的。

——为什么医生会说"眼前的一年也就是未来的十年"?

尧思考着,当自己听到这话时,心里涌现出了不知所以的困惑之情。

——简直就好像自己要抱有一个要用十年才能实现的理想似的。医生为什么不说再过几年尧也会死呢?

尧的脑海中浮现出一种情形:自己已经丧失了眼下的意识。

官厅由灰暗冰冷的石头建成,那条街上有一座车站。尧就在那里等待电车。他在犹豫,回家还是去繁华的街上走走呢?哪一个决定他都下不了决心。而且,尽管他已经等了很久,但是一辆电车也没有来。眼前是压抑的昏暗建筑的阴影,光秃秃的树林,稀疏的街灯的透视图。在远处一个交叉路口,偶尔会驶过像是水族馆的电车。画面在瞬间零碎。在那之中,他感受到强烈的灭形[1]。

在尧年少时,他曾经把困于捕鼠器的老鼠浸到河水里。清澈

---

[1] 作者的自创词,有幻灭、瓦解之意。

透明的河水中，老鼠在铁丝网中左右乱窜，看起来就好像是在空中一般。最终，老鼠的鼻子穿进铁丝网的一个网眼里，不再动弹了。最后，水面上漂起了老鼠口中冒出的白色气泡……

尧在五六年前，也就是在自己的病与死亡结下不解之缘之前，他曾经度过了一段恬淡而悲伤的日子。后来，他不知从何时起意识到了这个现实，营养和静养构成了他的主要生活，而对于美食的热爱、安逸以及怯懦逐渐带走了他想要活下去的意志。但他有好多次都重新摆好心态面对生活。只不过，他的思考和行为不知不觉间出现了虚伪的回响，最终因为失去流动性而凝固了。——他的眼前出现的正是这样的画面。

"很多人会在出现某些前兆之后走向死亡。你的身上也出现了与此相同的前兆。"近代科学的一位使徒第一次告诉尧这些时，他连拒绝的权利都没有，只能在心底拒绝接受那个讳莫如深的词汇。现在他已经不再抗拒它了。那个白色的石膏床就是为他在归为尘土前的数年而准备的。在那张床上，他甚至连翻身都做不到。

深夜，尧听到守夜人敲击木梆子的声音，他在忧郁的心底喃喃自语道：

"晚安，母亲。"

尧家附近遍布坡路与房屋，木梆子的声音在附近微妙地回响着，仿佛指引着前行的路。他将远处的狗叫声误以为是自己肺部咯吱咯吱的声音。——尧看到了守夜人。看到了母亲熟睡的模样。他的心底越来越忧郁，他又一次喃喃道：

"晚安，母亲。"

三

打扫过后的房间还开着窗户，尧就让它敞开着，自己躺在藤椅上休息。正当这时，传来了啾啾的啼鸣，尧看到在竹篱笆的阴影处有一只树莺若隐若现。

啾啾，啾啾。尧拱起镰刀状的脖子，看着它，在口中模仿着它的啼鸣声。他曾经在家里养过金丝雀。

上午的阳光倾洒在叶片上。树莺对尧发出的声音感到困惑，但是却没有像当初那只金丝雀一样，在这种情况下表现出细微的感情变化。那只树莺食欲好，有些圆滚滚的，好像穿着一件坚硬的马甲似的。尧停止模仿后，树莺冷淡地穿过树枝飞走了。

隔着低地，能够看见一户富贵人家的庭院，庭院面对山谷，采光很好。枯黄的天鹅绒草上晾晒着红色的被褥。尧难得早早起了床，沉浸在上午的时光中。

不一会儿，他看见在房顶上褐色的枯叶中间有一株南蛇藤，裸露着鲜亮的红色果实，随后他就走出了家门。

在没有风的湛蓝天空下，银杏树在重叠的树影中静静休息。

长长的白色砖墙上，显映出无比澄澈的冬日氛围。墙旁，一位背着孙子的老妇人正在步履蹒跚地走着。

尧走下长长的坡路，到了邮局。阳光照射下的邮局不断响起门铃声，人们将清晨的新鲜空气不断带到这里。尧感觉自己已经很久没有接触过这样的空气了。

他缓慢地登上窄窄的上坡路。路旁，山茶花与八角星盘的花朵都在绽放着。都到十二月了，竟然还有蝴蝶，这让尧大吃一惊。在蝴蝶飞舞的地方，在阳光照耀下的光点似的牛虻也在忙碌地飞来飞去。

"仿佛白痴一样的幸福啊。"他思忖着，在昏昏沉沉的阳光下弯腰行走。在离那片向阳地稍远一些的地方，有一群小孩子在做着什么游戏。那群孩子也就四五岁，有男孩，也有女孩。

"他们不会看到我吧？"这么想着，尧将痰吐到水沟里。然后，他走到孩子们附近。女孩子中也有爱打闹的，男孩子中也不乏性格温柔又老实的，他们在路上用石墨描画出幼稚的线条。刹那间，尧觉得这一幕似曾相识。他的内心不由得动摇起来。摇摇晃晃的牛虻飞向了尧模糊的过去。那是腊月里一个日光温和的上午。

尧看见了牛虻。看见了山茶花。看见了在山茶花丛的周围嬉戏玩耍的孩子。那是一个很不常见的上午，就好比他到了学校发现自己的习字纸落在家里，跟老师打过招呼以后就急匆匆回家去取，而学校那时候已经开始上课了。只有在那种时刻才可以偷偷窥看，那是十分神圣的时刻。想到这儿，尧微笑起来。

到了下午，太阳照旧开始西沉，这个想法让尧很悲伤。幼时泛黄的照片中残留着的阳光仍然照耀着万物。

没有未来的人，又怎么能追忆过去？不知道在未来，自己是否会像最近这样，清晰地记得今早这般光明。再说，今早的想法也没什么可稀奇的，就好比俄罗斯的贵族，那么奇怪的事（在下午两点左右才吃早餐）都变成了他们的生活习惯，这不就是一个很好的例子吗？

他又沿着长长的下坡路去了邮局。

"我改变想法了，决定不把今天早晨那张明信片寄出去了，请帮我取消吧。"

今天一早，他想在温暖的海岸过冬，所以想拜托在那里居住的友人给他找一找合适的出租房。

尽管他感到强烈的疲惫感，但还是走在返程的坡路上。在上午的阳光之中，树影交错的银杏树，大半天过去已经被寒风吹得光秃秃的了。那落叶在夕阳西下的道路上发着光。他对那些落叶产生了一丝怜爱。

尧回到了他家旁边的一条斜坡那里，从他家开始，一直到那条斜坡路都位于山崖上。平常从房间里眺望到的风景，如今就在他的眼前展开，被寒风劲吹着。阴郁的天空下，云层暗暗涌动。

站在云层下面的尧看到，有一栋还没有通电的房子，二楼的门上了锁。木质的房门朝向外侧，被曝晒着。出于一种感动的心情，尧在那里伫立了一会儿。他自己所居住的房间就在它的旁边。尧用一种前所未有的全新的情感审视着这栋房子。

明明尚未通电，却早早将二楼的门锁上了的一户人家——那扇木头门在不经意间使尧的心头增添了一抹漂泊无依的旅情。

——没有食物，也没有歇息的地方。天色渐晚，这个异乡的城市早已将自己拒之门外。

这就是现实吗？哀愁遮蔽了他的心。那份记忆好像是自己曾经历过的，这样一种令人诧异的甜美心情却让尧有些伤感。

为什么会产生那样的幻想呢？为什么会令自己如此悲伤？为什么它在召唤自己？尧大致明白了原因。

烤肉的香味混杂着傍晚冰冷的味道扑面而来。看起来像是木匠的工人们结束了一天的工作，一边轻轻喘息着，一边与尧擦肩而过，目不斜视地爬上了坡。

"我家就在那边。"

这么想着，尧便将视线看向自己的房子。薄暮笼罩下的房子在如今像以太一样空灵的风景中显得越发虚无，他无力地眺望着。

"那是我深爱的房间，是我愿意居住的房间。那里面存放着我全部的随身物品——或许还包含着我对日复一日的生活的感情。我想，如果我从这里发出呼喊，说不定还会有幽灵从那扇窗户探出头来。而且，或许在某一时刻，那件被我弃置在旅馆里的和式棉袍中还留有我穿着它的记忆吧。盯着那无知无觉的房顶瓦片和玻璃窗看了许久后，我渐渐觉得自己好像是个过客。如果意欲自杀的人藏身在那毫无感情的围墙之中，恐怕也是相同的感受吧。尽管如此，我不能顺从于刚才呼唤自己的那种幻想，就这样离开这里。

"要是早点亮起电灯就好了。如果从那扇玻璃窗中透出了黄色的光芒，那么我这个过客或许就会想象到，房间的某处或许有一个满足于上天赋予其生命的人。可能我会从而拥有相信幸福的能力。"

尧仃立在道路上，铛铛……他的耳边传来了楼下座钟的声音。声音真奇怪，这么想着，尧慢慢走下了山坡。

四

在拂过行道树的枯叶，又扫过路面上的落叶之后，风的动静发生了变化。一到夜里，街上的柏油马路就上了冻，像铅笔中的石墨一样反射着光芒。那一夜，尧从自己居住的安静小城出发，去了一趟银座。那里已经有了繁华热闹的圣诞氛围，很多店铺开始了年末甩卖。

路上的行人大都带着伴儿，或是朋友，或是恋人，又或是他们的家人。就算身边没有伴儿的人，脸上也是一副在等朋友的表情。即便是独行的人至少也拥有金钱和健康，这个物欲横流的市场可不会对这样的人露出不好的脸色。

"我为什么来银座呢？"

尧仔细思考着，街道早已经开始让他感到疲惫不堪了。此时，他回想起了某次在电车中遇到的一位少女的脸庞。

那个少女温文尔雅地微笑着站在尧的前面，手中抓着车上的吊环。她身着的和服不像是普通人的棉袍，领口露出艺伎似的优美脖颈。看到她美丽的容颜——尧的直觉告诉自己，她好像生了什么病。在她那像陶瓷一样白皙的皮肤上，覆盖着一层汗毛，鼻孔周围还有一些污垢。

"她一定是从病床上逃出来的。"

少女脸上时时会泛起犹如涟漪一般的微笑。望着她的笑容，尧这样想道。她像擤鼻涕一样从鼻子上擦拭下来的是什么？那时，她的脸就像拭去灰尘的暖炉一样，露出片刻血色。

在银座，尧一边想着那个让人怜爱的姑娘，加上自身的疲劳，他想吐痰。在银座大街上找不到合适的地方，他感觉自己就像《格林童话》中那个一张嘴就有青蛙蹦出来的小女孩。

就在那一刻，他看到了一个男人在吐痰。接着，有一双看起来很廉价的木屐在那上面碾了几脚。然而，那并不是吐痰的男人脚上穿的木屐。原来是一个在路边铺着席子卖马口铁陀螺的老人。老人对这种行为不齿，面露愠色，又把那木屐放在席子一端的另一只木屐上面。这一切被尧看在眼里。

"大家看到了吗？"尧怀着这样一种心情，回头看向四周过往的行人。但是，好像并没有人看到。老人所坐的地方离往来的人群特别近。就算不是这样，老人卖的马口铁陀螺就算放在乡下的杂货店里都是十分陈旧寒酸的物件。尧没有见到有人前来购买。

"我为什么要来这里呢？"

他为了给自己找到理由，于是去买了一些咖啡、黄油、面包和笔。在那之后，他还要再去买一点因为高昂的价格而让他愤懑不平的法国香料。随后，尧又去街角的餐厅，一直坐到摆摊的店铺都收了摊。店里的暖炉温暖无比；空气中飘浮着三重奏的声音；玻璃杯叮当作响；客人眼波流转，笑容灿烂，餐厅的天花板上飞舞着几只忧郁的冬天的苍蝇。他漫无目的地环顾着四周。

"我为什么要来这里呢？"

离开餐厅，一到街上，干燥的风便迎面吹来，吹散了街上的行人。在深夜，那些原本被人们攥在手里的传单不可思议地被风吹到了街道的角落，吐出的痰会立刻结冻，地面落有木屐上掉落的金属。他最终还是要在这样的深夜回到家里去。

"我为什么要来这里呢？"

冬日

那不过是因为他心中还残留着对过往生活的兴趣。以后自己就无法再来了吧，尧感受到了深深的疲倦。

他在房间里感受到的夜晚，与昨天、前天，恐怕还有明天的夜晚都不相同，那是和医院的走廊一样长的夜晚。到那时，过往的生活就会在如同死亡一般的空气中戛然而止。思想只能面对着摆放着书架的墙壁。而墙上挂着的活动星图都已蒙上了一层尘埃，上面的指针还停留在十月二十几号的凌晨三点。深夜，在他去方便时，小窗户外的屋顶瓦片上落有霜，如月光般皎洁。看到那的一瞬间，他的心豁然开朗了。

离开坚硬的床时，新的一天要从下午开始了。每天，倾泻而来的冬日阳光在窗户上映射出户外的风光。不可思议的光照让所有事物看起来都像是假象，也使它们露骨地染上了一层源于假象的精神之美。枇杷树悄然花开，远处的日光下，那橙色的果实映在眼中。此时，初冬的阵雨已经化作细雪落在了屋檐。

细雪纷纷飘落在黑色的屋顶瓦片上，咕噜咕噜地打着旋儿。尧听到了细雪撞到白铁皮屋顶的声音，落在八角星盘叶片上的声音，掉进枯草中消失的声音。最后，他还听到了它们啪的一下落在人世间的声音。旋即，白色的冬之面纱被掀开了。附近传来了鹤唳。尧也在那时候感受到了一种新鲜的喜悦之情。他倚在窗边，回想起狂风尚在的往昔岁月。然而，尧不敢任由狂风吹进身体。

五

不知不觉冬至已经过去了。一天，尧去了镇上的当铺，他已经很久没有去过那里了。因为他的手头有了钱，所以想把自己冬天的外套赎回来。然而，到了那儿才得知，衣服已经过了赎回期限。

"期限是什么时候到的啊？"

"这个……"

一阵子没见，已经完全像个大人似的小店员翻起了账本。

当铺掌柜一直在耍嘴皮子功夫，尧看他的表情有些怪异：一瞬间，那掌柜看起来好像有什么难言之隐；又一瞬间，他表现得十分平静。尧会察言观色，但却没有像现在这么困惑过。这个掌柜平日里可是一直对他说话客气的。

听完掌柜的一番话，尧才回忆起此前他收到了好几次当铺寄来的信件。在仿佛被泼了硫酸的心底深处，他不禁苦笑，要是把此时的心情说给掌柜听，不知对方会作何反应。他也模仿掌柜露出了一副漠不关心的模样，问了问还有什么东西和那件外套一起转手了，之后，他就离开了当铺。

化了霜的路上，一条瘦弱衰老的狗一边颤抖着丑陋的腰身，一边试图排便。尧好像感受到了一种令人恶心不已的情绪直逼而来，但他还是将那只令人厌恶的狗从头看到了尾。尧坐在长长的返程电车之中，他一直克制，不让自己崩溃。一下了电车，他想起出门时带的那把雨伞——没在手里。

他没去看电车的方向，而是拖着疲劳不堪的身体，在傍晚踏上了回家的路。那一天在离开小镇的时候，他又吐出了鲜红的痰，在路边的木槿树根那里。尧不由得感到全身在轻微战栗。——当他吐出来的时候，看着那摊红色，心中唯一的念头就是自己做了一件坏事。

尧照例在下午发烧了。腋下有冷汗流出，令人难受。他没有脱下和服外褂，还保持着出门时的模样呆呆地坐在屋里。

突然，匕首一样的悲伤冲他刺了过来。只要一想到接连丧失心头肉的母亲那张偶尔会发呆的脸，他就会缄默地泪流不止。

为了吃晚饭而走下楼梯的时候，尧的内心已经回归平静了。正好那时候有一个叫折田的朋友来探望他了。尧毫无食欲，便立刻又转身回到二楼去了。

折田将挂在墙壁上的星图摘了下来，转动它的指针。

"你来了。"

折田没有回答，而是说了一句：

"怎么样，很了不起吧？"

折田连头也没抬。尧默不作声。他不禁相信那的确是很恢宏的景观。

"因为休假了,所以我想回一趟老家。"

"已经放假了啊。我这次就不回去了。"

"为什么?"

"不想回去。"

"那你家里怎么说?"

"我已经给家里写了信,说我不回去了。"

"那你是要去旅行吗?"

"不,我不去。"

折田直直地看着尧的双眼,没有再继续问下去。但是,他接下来说起了朋友们的近况,学校的事情,还有久未谈及的话题。

"这时候,学校把发生过火灾的教室给拆毁了。然后,有些工人带着丁字镐爬到了那个烧坏的教室的砖墙上……"

折田夹杂着肢体动作,对尧描述踏着砖块、挥动着丁字镐的工人们的形象。

"他们一直拿镐子敲啊敲,一直敲到眼看着一堵墙马上就要倒下的时候,他们就会跑到安全的地方去,然后再一起使劲推一把。很快,一大堵墙就轰然倒地了。"

"嗯,听上去很有意思。"

"真的很有趣!好多人都去看呢!"

尧一说起话来,就不停地喝茶。但是,当他看到折田用了平时自己用的茶杯喝茶时,他心里有话呼之欲出。对于这件事的介意情绪渐渐增强,向尧涌来。

"用我的茶杯喝茶,你不介意我有肺病吗?而且我每次咳嗽都会飞溅出很多的病菌。如果你不介意的话,那你就是缺乏卫生观念,而如果你是出于我们是朋友的关系才这么做,那你简直像个孩子一样——这是我的想法。"

说完,尧又想到,自己不该说这么令人讨厌的话。折田抬眼看了他一下后便沉默不语了。

"很久没人来过了吗?"

"很久没人来过了。"

"你就因此变得孤僻了吗?"

这次轮到尧沉默了。但是,那番话却让尧莫名愉快了起来。

"并没有孤僻。只是这阵子,我自己的想法也发生了些许变化。"

"是吗?"

尧给折田讲了那天发生的事情。

"那时候的我怎么都冷静不了。冷静这东西并非冷漠无情,对我而言,它就是感动,是痛苦。只是,我的生存之道就是要用那份冷静眼看着自己的肉体与自己的生活走向消亡。"

"……"

"我想,如果有一天我的生活真的崩溃了,真正的冷静才会到来吧。深幽水底岩，零零枯叶落其间……"

"是内藤丈草的俳句吧……这样啊，原来很久没人来过了。"

"你也知道他啊……只是这种想法会让自己孤独的。"

"我认为，你想换个地方居住的想法不错。要是正月里家人喊你回去，你也不打算回去吗？"

"不打算回去。"

那一夜罕见地没有风声，静谧极了。这样的夜晚也不会有火灾发生。两人正说着话，户外传来了一阵微弱的口哨声。

到了十一点，折田便回去了。临别之际，他从钱包里拿出两张乘车优惠券。

"我想你自己去学校取不太方便。"说着，他把优惠券给了尧。

六

母亲寄信来了。

>我想你一定遇到什么变故了。所以，我就拜托准备在正月里去东京的津枝看看你。你要提前做好准备。
>
>因为你说不回来了，我就把春装给你寄去了。今年给

你做了衬袄，这个衬袄要穿在和服和外褂中间，可不要贴身穿。

津枝是母亲老师家的儿子，今年大学毕业，做了医生。尧对津枝一直有一种对待兄长般的崇敬。

尧在附近散步时，总是出现幻觉，以为遇到了母亲。母亲！正这么想着，他便发现那是一张陌生的面孔，于是他会产生奇怪的想法：对方是在突然之间换了副面孔。还有些时候，他觉得母亲像是已经到了他的房间，正在屋里坐着呢，于是他便急忙赶回家。回到家一看，来的只有一封信。而且，信上说来的人是津枝。尧的幻觉不见了。

每当他在街上漫步时，他就觉得自己变成了一个敏感的水平尺。他察觉到自己的呼吸越来越急促了。回头一看，那条道路倾斜到了他从没见过的坡度。他站立在原地，剧烈地抖动肩膀，呼吸急促。在那块令他难受的结块离开肺部之前，他都必须承受这种不知如何是好的呼吸困难。待平静之后，尧又迈开脚步。

是什么在催促他呢？是渐渐降落至遥远地平线的太阳。

他已经不能再忍受一整天都看着低地旁边那栋灰色西洋风格的木质建筑了，不能再忍受一整天都望着那日复一日渐渐西沉的冬日了。当窗外的风景渐次沉没到惨白的空气之中时，他自知太阳的阴影已经消失了，黑暗降临了，这时他的心里就会泛起不可思议的焦虑。

"啊,真想看看壮观的落日。"

他出了家门,四处寻找视野好的地方。镇上响起了年末捣年糕的声音。花店门口陈列着梅花和福寿草的盆景。随着尧在城镇里迷失了回去的路,这样一幅风俗画般的场景变得越来越引人入胜。这又是一条从未走过的路——在那里有正在磨米的女人和吵闹的孩子,这让他停下了脚步。可是,极目远望,不管走到哪里都能看到巨大屋顶的影子以及晚霞之下光秃秃的枝丫。这时,太阳正要西沉到遥远的地平线,它残缺的样子映刻在了尧的心上。

洒满了阳光的空气几乎紧贴着地面。他有一个没有实现的愿望,有时候,他想象有一个男人能够攀登到高高的屋顶之上,向着天空伸出手。男人的指尖能够触摸到空气。——他还会想象有一种充满氢气的肥皂泡,能够托着行人与街道都飞到蓝色的天上去,他想象着肥皂泡飘上去的一瞬间,天空中突然多了七种色彩。

干净湛蓝的天空中,浮云渐次燃烧起来,旖旎多姿。尧空落落的内心也燃起了一束火光。

"如此美丽的时刻,为何竟如此短暂呢?"

他认为再没有比那一刻更为短暂的时间了。红彤彤的云彩渐渐开始变成一片死灰色。他没有再往前走。

"那片逐渐充斥着天空的阴影是地球哪里的阴影呢?只要那

些云不肯走,那么今天也看不到太阳。"

忽然之间,一阵沉重的疲劳感向他靠拢。在这个陌生的城市,陌生的街角,尧的心再也没能畅快起来。

山崖上的情感

一

　　这件事发生在一个闷热的夏夜。山手町一家咖啡馆里，有两个年轻人在谈话。从说话的样子来看，他们好像并不是朋友。与银座不同，在狭小的山手咖啡馆里，孤独的客人并没有足够的自由来张望其他桌子借以消磨时间。往往是那种不自由——由于场地狭窄，客人们拉近了距离。这两位好像也是这么一回事。

　　从下沉的肩头可以看出其中一个年轻人喝啤酒喝醉了，杯底把桌子弄脏了，但他毫不介意地在上面支撑起了肘部，从刚才开始几乎就只有他自己一人喋喋不休。灰浆地面的一角放着一个有年头的胜利牌留声机，磨损的舞曲唱片发出闷闷的声音。

　　"原先，曾有朋友指出了我的致命要害，他说我好像天生就放浪不羁，成不了家。那个朋友是个会看手相的人，他也是个用洋办法看手相的人，他给我看手相的时候对我说：'你的手上有个所罗门十字架，这种手相的人，一辈子成不了家。'虽然我并不怎么相信手相，可当时听了那番话后，我还是惊讶不已。太悲哀了……"

　　在那个年轻人醉醺醺的脸上还能看到一抹感伤的色彩。他喝了一口啤酒，继续说道：

"当我一个人站在山崖边上,望着一扇扇敞开的窗户时,我总是会回想到他的那番话。我一个人在世间漂泊,好像一株失去了根的浮萍。我只能一直站在那个山崖上,望着别人家的窗户,这就是我最终的命运。我常会这么想。但是,我最想说的是另外一件事,之所以眺望别人家的窗户,是受到了某种念头的驱使吧。不管是谁都会被那种情绪所影响。怎么样,你有没有想过这样的事情?"

另一个年轻人好像并没有喝醉。他对对方所讲的话并没有很大的兴趣,只是附和一句"这样啊",然后用一副完全不感兴趣的表情侧耳倾听着。对方催促般询问他的意见,他想了一会儿,开口说:

"这个嘛……倒不如说我能回忆起来的都是与之截然相反的经历。你的心情,我理解不了。所谓的截然相反的经历,是指我常看着站在窗户里的人,就会想他们都是带着无常的命运在这个浮世生存着的。我就是这么想的。"

"这样啊,说得很有道理。不,应该说你讲的就是事实吧。我也有过那样的想法。"

喝醉的男人对此十分钦佩,他接着将剩下的啤酒一饮而尽。

"是啊,这么说你也是看窗户专家了。说起来我呢,其实特别喜欢窗户这东西。我一直想着,能从自己的住处看到别人家的窗户,那是多么愉快的一件事啊。而且,我也总是把自家的窗户打开来，要是我的身影也能被谁看到，也是一件乐事啊。就算是像这样喝了很多酒，要是能从桥上，或者从河对岸向河畔的饭店之类的地方望去，也能看到有人在喝着酒的话，那多有趣。我只能说出一句'细思有何哀'这样的诗，但是实际上我一直都怀着那样的心情。"

"原来如此，听起来也很有意思。这是多么闲适的趣味啊。"

"刚才，我不是说到了从山崖上能看到我房间里的窗户吗？我的窗户离山崖很近，从我的房间向外看去，只能看到那座山崖。虽然我常常留意从那个山崖经过的人，但是那条路上原本就人烟稀少，就算真的有人路过，也绝对不会像我一样长久地望向城镇。实际上，像我这样的人都是特别无所事事的闲人。"

"喂，我说，能把那个留声机关掉吗？"正在倾听的年轻人朝着刚刚换上《旅行车》碟片的女服务生说，"我最讨厌爵士乐了，一想就烦得不得了。"

女服务生沉默地关上了留声机。她一头短发，穿着轻薄的夏季洋装，但是丝毫没有一点时髦感，反而让人觉得她散发着小白鼠一样的味道，有一种污浊的异域风情。这一点有些阴暗地证明了在这家咖啡店里常常有很多下等的西洋人光顾的传言。

"喂，小百合，小百合，再来两杯鲜啤。"

说话的年轻人回头看着熟识的女服务生，他的脸上流露出一

种好像要把她从态度冷漠的客人手里解救出来的表情。很快,他接着说:

"话说回来,我之所以爱看他人的窗户,还有一个难以启齿的欲望。嗯,一般来说,偷窥别人的秘密就很有吸引力了,但是我想要更进一步偷窥别人的床事,这才会看别人家的窗户。其实我还一次都没看见过呢。"

"有这种可能,听说通了高架线后,常常有那种狂热分子为了偷窥而特意去乘坐省际电车。"

"说的是,竟然还有那种人,真让人震惊……你对窗户这东西就没有我那样的兴趣吗?连一次都没有?"

喝醉的年轻人质问般地看着对方的脸,等待他作答。

"因为我刚才说了那种狂热分子的事,所以你可以认为,我也或多或少了解那方面的知识。"

喝醉的年轻人脸上闪过一丝不悦,接着又将表情调整为若无其事的模样。

"原来是这样啊。我这个人呢,在山崖上曾经出于那种兴趣而眺望过一个窗户。但我从没真正看到过。实际上,我常常被窗户欺骗。哈哈哈……让我来给你讲讲……我究竟为什么会沉迷于那种状态吧。我曾经在很长一段时间里都目不转睛地盯着那扇窗户。然后,或许是由于太拼命了,我的脚底有些站不住了,我感觉自己摇摇晃晃,马上就要从山崖摔落下去。这么一来,我仿佛看到了半真半假的梦境。奇怪的是，我的耳边清晰地传来了脚步声，当时我认为就算有别人路过也无妨。可是，那脚步声到了我的背后，竟然戛然而止了。这或许是所谓的幻觉吧。我不禁认为这个停下脚步的人洞悉了我的秘密。于是，他到底是要一把抓住我的衣领呢，还是要立马把我推落山崖？出于恐惧，我连大气都不敢喘。就算那样，我的视线也没有离开窗户，或许是因为我当时已经完全看开了吧。另一方面，我自己也了解，那八成是我的幻觉，所以才会那么胆大。只是，还有百分之一的可能性是确实有人站在我的身后。奇怪吧？哈哈哈。"

醉醺醺的年轻人对自己这番话感到趣味横生，同时摆出一副自嘲的、有点像恶魔一样的表情看着听话人的脸。

"怎么样，我刚才那番话？说实话，如今比起偷窥他人房事，我对自己这种状态更为着迷。要说为什么，是因为我现在已经渐渐明白了，在我看向的那扇幽暗的窗户背后，大抵是不会发生我所想象的场景的。可是每当我全神贯注看过去的时候，隐约感觉能看到。我在那一刻有一种说不出来的恍惚。究竟有没有那种事情呢？啊哈哈哈。怎么样，你现在想不想跟我一起去那里看看？"

"去不去不重要，但是你的故事却是渐入佳境了。"

倾听的年轻人又点了一瓶啤酒。

"我是渐入佳境了。说到原因，我最初只不过是觉得窗户很有趣罢了。后来就渐渐有了想要偷看别人秘密的想法。就是这样吧。再后来，就对别人的秘密房事产生了兴趣。然而，我以为我看到了，但却好像不是那么回事。最后，我渐渐明白了，除了那时自己恍恍惚惚的幻想，什么都没有。就是这样吧。是不是？望向窗外时的恍惚状态就是全部了。啊哈哈哈。一无所有的空虚的恍惚万岁。让我们为这愉快的人生干杯吧！"

说话的年轻人见对方没有和自己碰杯的意思，便拿起自己的酒杯碰碰对方的杯子，又倒了一杯一饮而尽。

就在两个年轻人交谈的时候，有两个西方人推开门走了进来。他们刚一进来，就朝女服务生抛了个媚眼，坐在了两个年轻人旁边。这两个西方人既没有看向年轻人，也没有看向彼此，而是全程微笑着望向女服务生。

"伯林先生，斯马诺夫先生，欢迎光临。"

女服务生露出一副欢迎他们的表情，笑盈盈地与他们打招呼，用的是洋人的不标准日语。与和两个年轻日本人说话时不同，现在她魅力倍增。

"我曾经看过这么一本小说。"

倾听的那个年轻人，从新客人带来的氛围中抽身，又聊回到了刚才的话题。

"故事说的是，一个日本人去欧洲旅行。他去了英国、法国、德国，最终来到了维也纳。抵达维也纳的那天夜里，他在一家旅馆落脚,半夜醒来后辗转反侧,再难入睡,于是他在深夜的黑暗之中怀着旅行时特有的情感望向了窗外。天空中星河璀璨,维也纳在下面沉睡。那个男人许久地望着夜景,突然,他发现在黑暗当中,有一扇窗户正敞着。在那间房子里,明亮的灯火照耀在一块像是白布一样的东西上,从那里好像升起了一缕缕白色的烟雾。那房里的景象越来越清晰了,男人出乎意料地看到在床上有一对赤身裸体纠缠在一起的男女。刚才的白布是一张白色的床单,而静静升起的烟雾则源于男子放在床头的那根卷着烟叶的香烟。那个日本男人那时候在想什么呢?这里是古都维也纳,自己在漫长的旅途过后,终于抵达了这个古老的城市——这种想法逐渐涌上了他的心头。"

"然后呢?"

"然后,他就静静地关上窗户,回到自己床上睡觉去了——这是我在很久之前读过的小说了,但却奇怪地令我难以忘怀,至今记忆犹新。"

"西洋人真好啊。我也想去维也纳了。啊哈哈。话说回来,你现在要不要跟我一起去山崖看看?嗯?"

喝醉的年轻人还在热情地邀请着倾听的一方。但是对方只是笑了笑,没有再将话题继续下去。

二

　　生岛（喝醉的年轻人）在那天深夜，回到了自己在山崖下面租借的家中。推开门的一瞬间，一种习惯性的忧郁蒙上心头。因为他想起了这家的主妇。生岛与这家年过四十的"阿姨"保持着没有情感的肉体关系。那个女人痛失爱子，又与丈夫死别了，在她的身上有一种看淡世事的平静，即使与生岛发生了关系，对他的态度也还和以前一样。她也丝毫没有在生岛面前掩饰自己对他没有感情的事实。与她同床共枕时，他叫她"阿姨"。两人云雨过后，她就会立刻回到自己的床上睡觉。最初，生岛觉得两个人之间的关系有一种淡淡的安逸感。但是没过多久，他就渐渐对这段关系感到厌恶难忍。当初觉得这份感情安逸的原因，与他如今感到厌倦的原因相同。每当生岛抚摸她的肌肤时，他没有任何感情波动，只感受到平时的那种扫兴。即便是生理上得到了满足，心理上也没有得到满足。这事越来越沉重地压在心头，令他苦不堪言。在这期间，哪怕是走到阳光明媚的大街上，他也还是能感受到浸入自己身体的那股旧手绢的味道。他的脸上也出现了一些令人不悦的线条，所有人都能看出他仿佛坠入地狱一般的不安。那个女人似乎放下了一切的平静态度也在极大地刺激着他产生厌恶之情。可是，那种愤懑之情应该针对"阿姨"的哪方面呢？他知道，即便他今天也像平时一样说要出走，她也连一句埋怨话都不会说出口的。那么为什么没有走呢？

生岛在那年的春天大学毕业，没有找到工作，尽管他四处奔波，但仍日复一日地过着了无生气的生活。他感觉一切都很乏味，也丧失了专注的意志。他已经找不到做任何事情的动力了，结果就是止步不前。

主妇已经睡着了。生岛走上嘎吱作响的楼梯，回到了自己的房间。他推开玻璃窗，屋里的沉闷空气被夜里的清凉气息取而代之。他愣愣地坐着，看向山崖的方向。山崖上的小路漆黑，唯一一个绑在电线杆上的灯正发着光。望着望着，他回想起了今天在咖啡店和自己交谈的年轻人。自己邀请了他那么多次，但对方始终不肯去那边看看；接着自己执拗地拿起纸和铅笔，画下了山崖道路图，生岛固执地相信，尽管那个年轻人百般拒绝，但他一定和自己有着相同的欲望。想到这些，他开始暗暗期待起来，眼睛不知不觉地开始在黑暗中搜寻白色的人影。

他再一次沉浸于在山崖上看到的那扇窗的事。他看到的男女姿态一半是虚妄，一半是现实，那画面多么让人热血沸腾，充满情欲啊！看得入神的他也拥有了激情，唤醒了性欲。窗户里的两个人简直是在呼吸着他的呼吸，而他也在呼吸着那两个人的呼吸，那时的恍惚感令他心醉神迷。

"和别人比起来，"他接着想道，"我对待她又是什么样子呢？我好像被某种不好的暗示影响而流于表面。为什么在面对她时，我甚至都没能感受到在山崖上时的十分之一的陶醉感呢？难道我已经完全被我偷窥的那扇窗户里的场景吸引过去了？难道只有这种形式才能让我沉浸于性欲之中吗？还是说，原本自己找她这件事，从一开始就是错的呢？"

"但我还残留一个幻想。脑海里残留的只有那一个幻想。"

桌子上的台灯四周围了很多飞虫。见此情形，生岛立马拉绳把灯关上了。这么一点小事，他也会习惯性地抵抗——站在山崖俯瞰山谷时，一种变化突然掠过他的心头。房间暗了下来，夜色变凉了，山崖道路上的影子逐渐黯淡。然而，那里还是一个人影也没有。

他所残存的唯一的幻想就是，当他和那个寡妇同床共枕的时候，他突然醒来，看到房间的窗户还亮着。毫无疑问，他幻想那时候有人正在山崖的道路上眺望他的窗户，认出他的身影，这该多么刺激啊。他心想，要是有了那份刺激感，他们毫无感情的关系也能产生陶醉之情吧。单是自己的身影透过明亮的窗子，暴露在他人眼中这一件事就拥有足够新鲜的魅力了。他想象着那一刻自己背后好像有薄薄的刀刃划过般的战栗。不仅如此，他还想象着这件事就是现实中丑陋的他们的反面。

"我究竟会对今晚那个男人做出什么事情来呢？"

当生岛突然发现，在黑暗的山崖路上站着的正是那个年轻人时，他立刻清醒了。

"最开始,我对那个男人抱有相当的好感。当聊到窗户这事时,我们很合得来。但为什么自己此刻竟然想让那个男人成为自己欲望的傀儡呢?我原本满怀好意,心想自己所喜欢的,别人一定也会喜欢,因此才说了那番话。然而,渐渐地,不知不觉中,在我自己有些强制的语气中,我想要把自己持有的欲望强加于他人身上,想要制造出一个和自己一样的人。因此,自己所期待的是那个男人会因为受欲望的刺激而到山崖来,自己所想象的是能够打开窗户,将自己与主妇丑陋的现实姿态暴露在山崖的路上。我隐秘内心中的幻想与我自身并无关系,而是想要利用一个人的意志来推动计划进行,这种想法究竟能否成功;还是说,就连这样的反省也是设想中的一部分,如果那个男人今天出现了,那我就能够嘲笑他一番了吧……"

生岛摇了摇愈加昏沉的头,打开电灯,开始铺床。

三

某天晚上,石田(听生岛讲话的年轻人)沿着那个山崖边的道路散步。他没想到在自己家附近还有这么一片地方,对此他感到不可思议。原来那一带的地势多陡坡、丘陵与山谷。城里的高地林立着皇族与豪门的府邸,家家户户有着气派的门楣,中间夹有一条安静的街道,这条街一到夜里就会点起古风的煤气灯。葱葱郁郁的树林中高耸着教会的尖塔，外国大使馆的旗帜在别墅风格的房顶上方迎风招展。但是，那个山谷里却尽是一些阴森森的房子，其间隐藏着一条至今还腐朽地存在着的小路，狭窄到仿佛不是为普通路人建造的。

石田在从那条路上经过时，有一种被人苛责般的感受。说起原因，那是因为在那条路上，两侧的房屋都大敞着窗户。其中能看到有人在脱衣服，还能听到座钟报时，也能嗅到点燃的蚊香的味道。不仅如此，让他倍感恐惧的是雷打不动般趴在门灯上的壁虎。他好几次走进了死胡同，那时候更能够从自己的脚步声中感受到内心的不安，后来他终于走出了沿着山崖的道路。不一会儿，没有人家的路上就暗了下来，唯一一盏电灯照着他的脚尖，这里好像就是他听说的那个地方，他终于到了。

从这里果然能够一眼就看遍山崖下的城镇。他看到了很多扇窗户。他意外地俯瞰到了自己所了解的城镇的风景。他感到一种旅途的惆怅夹杂着野菊花的香气，沁入心扉。

有一扇窗户里，一个穿着运动衫的男人正踩着缝纫机。看起来，在房顶的阴凉处似乎放有好些洗过的衣服，露出了一些白色，想必是一家洗衣店的房顶吧。他还看到在一扇窗户里，有一个人戴着耳机听广播。看到那专注的模样，仿佛他自己的耳畔也听到了收音机微弱的声音。

前一天晚上，他对着那个喝醉的年轻人说，在窗户里面，看到站着的、坐着的人们都背负着空虚的命运在尘世生活着。他之所以说这话，就是因为他的心里浮现出了下面的情景。

在他农村老家的门前有一条路，那路上有一家寒碜的商人旅馆，从街上常能看到旅馆二楼的栏杆里吃早餐的旅人。不知道为什么，这一幕深深烙印在他的心里。那是一个五十多岁的男人，他与一个男孩相对而坐吃着早餐，男孩四岁左右，脸色很差。那张脸上忧郁地刻满了尘世间的辛酸劳苦。男人一句话也没说，沉默地吃饭。那个面色不好的小孩子也一言不发，用还不熟练的动作捧着饭碗。看着这一幕，石田感受到了男人的落魄，也感受到了男人对孩子的爱。在孩子幼小的心灵中，似乎也已经知道他们不能放弃的命运。他还看到，在房间拉门的破损处，贴有一个报纸附录一样的东西。

这就是他利用休假，回到农村的那天早晨发生的事。他还记得自己在那一刻即将潸然泪下。如今，他又从心底唤醒了这份回忆，眺望着眼下的城镇。

而最能勾起他这种心情的，便是一栋长屋的窗户。某一扇窗户里的人家，还挂着破旧的蚊帐。隔壁的窗户呢，则有一个男人将身体探出了栅栏。再旁边的那扇窗户看得最清楚，里面并排放着一些水瓢，一个被明亮的灯光照亮的佛龛矗立在那里。石田悲伤地看着将这些房间一一分割开来的墙壁。如果在那里住着的人中，有谁来到这个山崖上望向他们的墙壁的话，一定会发现他们所放心的家庭是如此脆弱吧。

另外，还有一扇敞开的窗户，那里有着在阴影中最为明亮的灯光。他看到，房间里有一个光头的老人，面前有一个烟灰缸，对面坐着一个客人模样的男人。看了一会儿后，从楼梯出口的房间一隅，走过来一个留着日式发髻的女人，她手中的盆里好像装着饮料似的东西。后来，那间房间与山崖之间的空间突然晃了一晃。原因是那个女人的身体突然挡住了电灯的光。石田看到，女人坐下后，向那个客人似的男人推了推面前的盆子，男人点头示意。

石田就像在看戏剧似的注视着那扇窗户，他心中不自觉地浮现出了昨晚那个年轻人的一番话。他渐渐有了想要偷窥别人秘密的想法，而在这些秘密当中，他最想看到的是他人的房事。

"或许我也如此。"他想道，"但是，如今自己眼前这些窗户都开着，自己感受到的不是性欲，而是一种物哀[1]。"

他向山崖下看去，试图寻找那个男人所说的那扇窗户，但是一无所获。接着，他又看了一会儿，随后便沿着下山的路离开了山崖。

---

[1] 日本独特的美学思潮，亦存在日本人精神生活的许多方面，大意是人在接触外界事物时，自然而然或情不自禁地产生触动。

四

"他今天晚上也来了啊。"生岛从山崖下的房间看着山崖道路上黑暗中浮现的人影。他好几晚都看到了相同的人影。这一回，他认为那个人影一定是在咖啡馆与自己交谈的年轻人，想到自己心中策划许久的幻想，他感到了一种战栗。

"那就是让我的幻想成为现实的人影。那就是与我有着相同欲望，站在山崖上的我的第二重人格。我的第二重人格就站在我爱站在的地方望着我，这种想象多么黑暗且魅惑人心。我的欲望最终与我分离了，之后这间房间里便只剩下战栗与恍惚了。"

一天晚上，石田如前几夜一样站在山崖上，俯瞰山崖下的城镇。

眺望的过程中，他发现了一扇来自一家妇产专科医院的窗户。虽说那是医院，但绝算不上气派，一到白天，人们就会在粗制滥造的西洋建筑的屋顶上张贴出"接收产妇"的招牌。大概有十来扇窗子，有的很是明亮，有的被锁起来，十分黑暗。还有一些窗子里面，漏斗形的电灯光线将房间切分成了明暗不同的区域。

石田被其中一扇窗户吸引了。窗户里，有好多人围在一张床前。他想，这么晚了还在做手术吗？然而，那些人看起来并没有移动的打算，而是一直伫立在那张床前。

过了一阵子，他又把视线挪到另一扇窗子。那家洗衣店的二楼，今晚没有出现踩着缝纫机的男人的身影，阴影处还是晾晒着好多白色的衣物。大概这家店每天晚上都会开着窗户吧。石田依旧没有看到咖啡馆偶遇的男人所说的那扇窗户。心底果然还是有找到那扇窗的欲望，他能体会到。虽然不是很明显，但是他接连几晚都来这里的原因中多少还是掺杂着那种欲望。

就在他若无其事地眺望山崖脚下一带的窗户时，他突然萌生了一种预感。当他发现那无疑就是自己隐藏在心底，渴望看见的情景时，他的心脏开始剧烈地跳动。他没法频频将目光望向那边。就在他的视线突然对准了刚才那家医院的时候，一件异样的事情令他瞠目结舌。刚才围在床前的一群人在某一瞬间都动起来了。他们的身影动作，让人倍感惊愕。不一会儿，他看见其中一个穿着西装的男人低下了头。石田有一种直觉，在那间房间里有一个人过世了。他的心瞬间受到了尖锐的冲击。然后，当他的目光再一次落回到山崖下的窗户时，那里依旧还是老样子，但是他的心却已经不是最初的模样了。

那是一种在人类的悲喜之外的严肃感情。那种感情超过了他以为自己感受到的"物哀"，那是一种带有意识和力量的无常感。他在自己心中回想起了古希腊的一种风俗，要在放有死者的石棺上面，雕刻出淫乱嬉戏的人物以及与母羊交媾的牧羊神的形象。

"他们一无所知。医院窗户里的人,对山崖下的窗户一无所知。山崖下窗户里的人,对医院的窗户一无所知。站在山崖上的这种情感,他们也一无所知。"他想。

梶井基次郎
（1901—1932）

1901年，出生于日本大阪，自幼接受古典教育。父亲贪恋酒色，母亲曾不堪其苦欲携子跳河自尽。

1908年，患急性肾炎，险些丧命。

1915年，小他九岁的弟弟因患结核性脊髓炎去世。

1918年，患上结核病，学业屡次中断，在家养病期间开始大量阅读文学作品。

1919年考入东京帝国大学，此阶段开始沉迷夏目漱石的作品，与友人通信时常署名"Strey sheep"（源自《三四郎》）、"梶井漱石"。

1920年又因感染风寒返回大阪修养，病中不断反思人生，返回大学后开始进行文学创作，甚至曾站在桥上大喊："让我得肺病吧！否则就写不出好的文学！"随后因患胸膜炎而去姐姐所在的三重县北牟娄疗养，并以这段生活为背景创作了《在有古城的町》。没多久,再次被诊断为肺炎,修养一段时间后,返回学校。

1924年,用了五年时间才从大学毕业,进入东京帝国大学文学部就读。几个月后,妹妹因患结核性脑膜炎去世,自己的身体也越来越差,时常咳血。

1925年,其间与友人创办《青空》杂志,并在创刊号上发表作品《柠檬》。

1926年,病情加重,前往伊豆疗养,拜访在汤本馆疗养的川端康成,帮其校对《伊豆的舞女》,同时创作了《冬日》。

1927年,高烧与咳血的症状愈加严重,疗养中始终保持创作。

1931年,作品集《柠檬》出版,受到多方好评。病情危急中写完最后一篇《悠闲的患者》,由母亲校对,弟弟骑摩托车带到邮局,寄给出版社。

1932年,患上心包炎,全身严重水肿,已病入膏肓。3月24日,梶井基次郎合掌说道:"我是男儿,死也要死得体面。"下午便去世了,这一天被后世称为"柠檬忌",至今仍有纪念活动。

蓝色
Bluecity · Culture
文学

图书在版编目（CIP）数据

柠檬/（日）梶井基次郎著；张齐，凌文桦译.
—成都：天地出版社，2021.5
（物哀三书）
ISBN 978-7-5455-6277-4

Ⅰ.①物… Ⅱ.①梶…②张…③凌… Ⅲ.①短篇小说—小说集—日本—现代 Ⅳ.①I313.45

中国版本图书馆CIP数据核字（2021）第028393号

NINGMENG
柠檬

出品人	杨　政
作　者	［日］梶井基次郎
译　者	张　齐　凌文桦
责任编辑	袁静梅
特邀编辑	许　峥
装帧设计	金牍文化·车球
责任印制	王学锋

出版发行	天地出版社 （成都市槐树街2号 邮政编码：610014） （北京市方庄芳群园3区3号 邮政编码：100078）
网　址	http://www.tiandiph.com
电子邮箱	tianditg@163.com
经　销	新华文轩出版传媒股份有限公司
印　刷	天津融正印刷有限公司
版　次	2021年5月第1版
印　次	2021年5月第1次印刷
开　本	880mm×1230mm　1/32
印　张	7.75
字　数	153千字
定　价	42.00元
书　号	ISBN 978-7-5455-6277-4

版权所有◆违者必究

咨询电话：（028）87734639（总编室）
购书热线：（010）67693207（营销中心）

如有印装错误，请与本社联系调换